C. L. Fischer

GRÜNER HAI

Bibliografische Information der Deutschen Nationalbibliothek:
Die Deutsche Nationalbibliothek verzeichnet diese Publikation in der Deutschen Nationalbibliografie; detaillierte bibliografische Daten sind im Internet über http://dnb.dnb.de abrufbar.

Herstellung und Verlag: BoD – Books on Demand, Norderstedt

ISBN: 978-3-7519-8111-8

Ein Teil von jener Kraft,

Die stets das Böse will und stets das Gute schafft.

Johann Wolfgang von Goethe, Faust – Eine Tragödie

Die Föhnanlage fehlt!

Es ist nun schon das dritte Telefonat. Er kann seine Wut schwer unter Kontrolle halten. Er schließt die Augen, wiegt sich mehrfach von einer Seite zur anderen, holt tief Luft und wischt sich mit dem Handrücken über die Stirn. Sein Gesicht hat inzwischen fast das Rot seiner Krawatte.

»Alle völlig unfähig. Ich kann doch nicht alles selbst machen«, flucht er.

Der staatliche Zuschuss für das Raketen-Projekt von A.Y. liegt inzwischen bei über 99,99 Prozent. Nach der letzten Überarbeitung sieht die Standardausstattung zwei Schlafkabinen und Vorräte, die ein Überleben für ein halbes Jahr ermöglichen, vor. Aber bei seinem letzten Telefonat ist ihm die Funktionsfähigkeit der Föhnanlage wieder nicht bestätigt worden. Nach Angaben von A.Y. hat die für die Föhnanlage erforderliche Wärmestrahlung bereits zwei Versuchsraketen zum Absturz gebracht.

Er hält das für ein vorgeschobenes Argument und sieht nicht ein, von dieser Wunschausstattung abzurücken.

Ihm wurde auch kein wirklich eingängiger Name für die Rakete präsentiert, sodass die geplante feierliche Taufe immer wieder verschoben werden musste. Wegen des besonderen Hygienekonzepts wurden die Namen »Iltis« und

»Skunk« vorgeschlagen. A.Y. entließ die verantwortliche Mitarbeiterin zwischenzeitlich fristlos, weil sie offenbar übersehen hatte, dass andere Institutionen sich diese Namen für ihre Mobilitätshilfen bereits hatten schützen lassen. Noch im Gespräch ist für die letzte Modellvariante »HYGGE 2100«. In der Produktion hat sich für den Übergang als Arbeitsname »Kuckuck 13« durchgesetzt.

Er erinnert sich an die endlosen Diskussionen wegen der neu entwickelten Duschschleuse. Eine Innovation speziell für diese Rakete, bei der man mit einer Atemmaske durch eine vollständig mit Wasser gefüllte Kammer gleiten kann. Dafür musste die Partnerkabine entfallen, sodass der Platz nur noch für A.Y. und ihn selbst reichen wird.

Seine Ehefrau vertraut ihm auch nach Jahren nicht und ist auf Grund von Gerüchten über sein besonderes Interesse an der Rakete besonders misstrauisch. Sie ruft an und lässt nicht locker, als er versucht, das Gespräch zu beenden:

»Weißt du eigentlich, wen A.Y. mitnehmen will?« fragt sie.

Er beantwortet die meisten ihrer Fragen lieber gar nicht oder lügt, wie jetzt:

»Das weiß ich nicht.«

Er verlässt den Bürobereich seines Containers, setzt sich Mütze und Sonnenbrille auf und wirft die Krawatte, die sie ausgesucht hat, mit einer wütenden Bewegung in den Müll-container.

Bald wird er sich nicht mehr mit dem Regieren abmühen müssen, denkt er.

Er schaut zum Himmel und fühlt sich einen kurzen Moment unbesiegbar.

Weder der grüne Rasen noch die vielen Blumen in voller Blüte, die gerade gepflanzt worden sind, kann er bewusst wahrnehmen. In der Luft liegt ein frischer und nicht zu süßer Duft. Das Wetter ist wundervoll mild und sonnig. Auf den Bänken sitzen einige Touristen. Andere machen Fotos und Selfies. Eine größere Gruppe lacht laut, als die Touristenführerin ihnen die Geschichte der Container erklärt, die man in einigem Abstand hinter der mit Beeten eingefassten Rasenfläche sieht. Heute ist der letzte Tag vor Beginn des neuen Semesters, sodass auch viele Studenten, einige in einem leuchtenden Blau, auf der Wiese sitzen und sich von der Vorsommersonne wärmen lassen.

Nur für einen kurzen Moment bekommt er Zweifel, ob die Rakete die Lösung seiner Probleme ist. Es bleiben ihm danach mit dem neuen Serum nur noch circa 30 Jahre. Ob seine Kinder ihm fehlen werden?

»Etwas einsam vielleicht«, murmelt er leise.

Aber einsam ist er jetzt auch. Die Angriffe nehmen stetig zu. Er weiß, dass er sich nicht mehr lange an der Macht halten kann. Und er wird die nächste Wahl nicht mehr lange hinauszögern können. Die Bevölkerung hat keine Angst mehr vor ihm oder vor dem, was nach ihm kommt.

Neuerdings findet sich an vielen Hauseingängen in Kniehöhe in Putz oder Stein eingeritzt eine Karikatur, die ein undefinierbares Wesen mit seinem, aber mit Hörnern versehenen Kopf zeigt, und darunter die Schriftbotschaft

»Ich muss draußen bleiben«. Er hatte schon versucht, den Putz an den Häusern von einem Reinigungstrupp nachts übermalen zu lassen, wodurch die Karikatur nur noch deutlicher hervorgetreten ist. Die von ihm veranlassten Bescheide mit der Verpflichtung, den Putz zu erneuern oder das Haus von seinen Behörden abreißen zu lassen, sind aus allen Teilen des Landes als unzustellbar zurückgekommen und lagern noch in riesigen Säcken in den Behörden.

Die wenigen ihm noch verbliebenen Mitarbeiter sind die Einzigen, die die Angst vor ihm noch nicht verloren haben, weil er etwas gegen sie in der Hand hat.

Er denkt laut nach:

»Doch, alle Probleme lösen sich durch die Rakete wie von selbst.«

DER GALAKTISCHE!

Seine mehrfache Wiederwahl war alles andere als selbstverständlich, da die Verfassung sie eigentlich verbot.

Um nach der letzten möglichen Amtsperiode weiter regieren zu können, versuchte er sich zunächst an einer Verfassungsänderung.

Bei der für die Reform des Wahlrechts angesetzten Abstimmung fehlte aber mit einer Krankmeldung immer mindestens ein Abgeordneter seiner Partei, dessen Stimme er für eine verfassungsändernde Mehrheit benötigt hätte.

In der Folge musste sich jeder Abgeordnete morgens vor der maßgebenden Abstimmung des Parlaments von einem Amtsarzt untersuchen lassen. In ihrer Not machten es sich die Abgeordneten dann mehrfach zunutze, dass er per Dekret eines der von ihm als »Böse Insel« eingestuften Territorien als letztes Virusgebiet bestehen ließ, für das noch die weitgehendste Reisewarnung galt.

Ziel dieser Maßnahme war es, die Handelsbeziehungen mit dem unbeugsamen Inselstaat zu torpedieren. Auf Grund der besonderen Reisewarnung musste nach Besuchen auf dieser Insel bei Rückkehr in das Heimatland eine strenge häusliche Quarantäne von drei Monaten eingehalten werden. Zeitweise musste ein Großflugzeug vollständig mit Sitzen der ersten Klasse umgerüstet werden, um die betreffenden

Abgeordneten wohlbehalten auf die Insel und von dort zurück zu befördern. Bevor sich diese Abgeordneten nach ihrer Rückkehr in das Heimatland zwangsweise in die mehrmonatige Quarantäne zurückziehen mussten, teilten Sie ihm noch jeweils ihr besonderes Bedauern mit, ihn nicht bei der Verfassungsänderung unterstützen zu können. Der Brief hatte immer dieselbe Formulierung:

»Es tut mir so leid«, hieß es dort.

Es blieb ihm zu guter Letzt nichts anderes mehr übrig, als seine Töchter und Schwiegersöhne in das Hohe Gericht zu befördern. Auch mit dieser Maßnahme erreichte er noch nicht die erforderliche Mehrheit an Richterstimmen, um die Verfassungsregelung über die eigentlich ausgeschlossene Wiederwahl in seinem Sinne auszulegen bzw. im Ergebnis abzuschaffen.

Die Besetzungen aus seiner Familie waren auf so großen Widerstand gestoßen, dass nur Geschenke in einer bis dahin für solche Notwendigkeiten noch nicht gekannten Größenordnung das gewünschte Ergebnis sicherten.

Er konnte es deshalb kaum glauben, wie einfach nach einigem Aufwand die Besetzung des letzten für die Mehrheit erforderlichen Sitzes in dem Hohen Gericht gelang. Zur Wahl stand seine verdiente Reinigungskraft, die allerdings mit der Amtssprache seines Landes in ihrer beruflichen Tätigkeit nicht in erheblichem Umfang in Berührung gekommen war. Er hatte sie vor der maßgebenden Anhörung bei einem ausgiebigen Einkaufsbummel durch die besten Geschäfte der Hauptstadt insbesondere mit der von ihr sehr lange herbeigesehnten Seidenbluse ausgestattet, die sie dann mit roten Backen und bis über beide Ohren strahlend vor dem aus den namhaftesten Fachleuten und Medienvertretern zusammengesetzten Publikum vorführte. Die Frage nach ihrer ausreichenden juristischen Vorqualifikation beantwortete sie, wie alle vorausgegangenen Fragen, in ihrer Muttersprache mit einem gewinnenden Lachen:

»Jaaaa!«

Damit waren selbst die zahlreichen Medienvertreter absolut davon überzeugt, eine äußerst geeignete Kandidatin vor sich zu haben, die uneingeschränkte Unterstützung verdiene. Ihre noch an diesem Tag abgeschlossene Wahl für das Hohe Gericht erfolgte einstimmig.

Das Hohe Gericht legte in der nun perfekten Besetzung die Regelung über seine Wiederwahl dahingehend aus, dass es für die maßgebende Frage, ob bereits die maximale Anzahl von Amtszeiten ausgeschöpft war, auf den genauen Namen einschließlich sämtlicher Namenszusätze ankomme.

Zunächst wurde festgestellt, dass, bei der hier gebotenen Eliminierung des zweiten Vornamens, schon sein Vater denselben Vor- und Nachnamen getragen hatte. Für die nächste Wahl war danach nach Auffassung des Hohen Gerichts auf seinen Namen mit dem Zusatz »Junior« abzustellen, sodass seiner nächsten ersten Amtsperiode nichts entgegenstand.

Während der folgenden Regierungszeit arbeitete er hart an einer Folgeoption. Nachdem sich allerdings seine Ehefrau nach noch zwei Töchtern geweigert hatte, für weiteren

Nachwuchs zu sorgen oder eine der Töchter auf seinen Namen zu taufen, fiel ihm nur noch die alte Dame ein, die seinen ersten Wahlkampf mit einem zehnstelligen Betrag unterstützt hatte. Es war ihm nur vorübergehend entfallen, dass er ihr als so genannte »Anerkennung« versprochen hatte, ein Gesetz durchzusetzen, das es ermöglichen würde, Vierbeinern den vollen familienrechtlichen Status eines Kindes zu verschaffen. Der über alles geliebte Hund der alten Dame war bei dem sehr raschen Erlass des Gesetzes leider schon noch gebrechlicher als sein Frauchen.

Die dann zügig in den Regierungspalast eingezogene Neuanschaffung mit etwas zotteligem Fell und etwas ungenügenden Manieren für einen Sohn, wobei dieser eine Sie war, durfte oder musste schließlich den Namen des Herrchens tragen. Damit reichte es dann doch noch rechtzeitig für den »Senior«.

Es folgten als feste Namensbestandteile »der Große«, »der Größte«, »der Allergröße« und was Geschichte und Werbevokabular für eine stetige Steigerung in Richtung Himmel hergaben. Zuletzt amtierte er als »der Galaktische«.

Die eigentliche Wiederwahl in das Amt durch das Volk erwies sich zumindest in den ersten Jahrzehnten als unproblematisch.

Wesentlich dafür war, dass er bereits in einer seiner frühen Amtsperioden eine beitragsfreie Volksversicherung mit einem Bonussystem eingeführt hatte. Wurde durch ein Selfie mit dem Wahlschein in der Wahlkabine die einzig vernünftige Stimmabgabe dokumentiert, erlangte man in der ersten Bonusstufe das Recht, bei besonders ernsthaften Gesundheitsproblemen einen langjährigen Mitarbeiter der Volksversicherung kontaktieren zu dürfen. Nach der zweiten richtigen Stimmabgabe erreichte man den Bonus, einen Arzt, nach Wahl der Versicherung ausgebildet in Human- oder Tiermedizin, aufsuchen zu dürfen. Die höchste Bonusstufe beinhaltete seinen möglichen Besuch mit Überreichung eines Blumenstraußes am Krankenbett.

Es brummt!

Zu seiner Beliebtheit oder, bezogen auf einen größeren Anteil der Bevölkerung, zumindest zu seiner Duldung trug es auch bei, dass der Staat jeden, der nicht auffällig wurde, großzügig finanziell bedachte.

Ein besonderer Erfolg wurde die »Wunschbeihilfe«, bei der jeder Bürger dem Staat, ohne dass es besondere Vorgaben gab, den Wunsch einer besonderen finanziellen Unterstützung unterbreiten konnte. Da es sich um eine folgenlose Werbemaßnahme im Wahlkampf handeln sollte, gab es gar keinen Haushalt, aus dem die Erfüllung der Wünsche hätte finanziert werden können.

Nach einiger Zeit forderte das Volk die Umsetzung der Wahlkampfversprechen ein, sodass ihm nichts anderes übrigblieb, als zunächst ein Expertengremium einzusetzen, das in hoffentlich langjährigen Beratungen Richtlinien für die perfekte Umsetzung der Wunschbeihilfe erarbeiten sollte. Das dauerte zwar, wie gewünscht, sehr lange. Das Ergebnis war indes, wie befürchtet, ein Modell, bei dem jedes Mitglied des Gremiums sein Lieblingsprojekt abgedeckt sehen wollte. Die Endfassung des von dem Gremium erarbeiteten Modells bestand in einem jährlich kurz vor Ablauf des Jahres einzureichenden Bürgerwunschzettel.

Zunächst musste hierfür natürlich eine sehr große Behörde eingerichtet werden, deren besser besoldete Posten auf Grund der besonderen Sachkunde unvermeidlich nur mit den Mitgliedern des Gremiums besetzt werden konnten, was jedem sofort einleuchtete.

Jeder eingereichte Wunschzettel musste, nachdem sich die notwendige Verwaltung in ihren schönen Dienstzimmern eingerichtet hatte, spätestens bis zum Ablauf des Frühjahres abgearbeitet werden, wobei die Wünsche zu mindestens 99,99 Prozent positiv zu bescheiden waren. Die Differenz zu 100 Prozent ergab sich schon daraus, dass Wünsche von Mitarbeitern der Behörde nur zweimal positiv beschieden werden durften.

In den ersten Jahren nach Einführung der Wunschbeihilfe schaffte der Staat die Finanzierung im Wesentlichen durch Schulden, dann waren die Kassen, was für niemanden wirklich überraschend kam, leer.

Er ließ in der Folgezeit diverse Möglichkeiten prüfen, einen Staatsbankrott abzuwenden. Ihm gefiel besonders der zu diesem Zweck unterbreitete Vorschlag, die Bezirke samt Bewohnern der von ihm regierten Gebiete, in denen er regelmäßig schlechte Wahlergebnisse erzielt hatte, an den Meistbietenden zu veräußern. Die Vorbereitungen dauerten aber sehr lange und führten zu einer größeren Abwanderung in die für die Veräußerung vorgesehenen Provinzen.

Das Projekt scheiterte am Ende daran, dass sich die Bürger in den schon fast exterritorialen Gebieten abends, wie Vögel auf der Stange, lesend auf Bänke, Zäune, Treppen und Brücken setzten. Sie hielten große Schilder in die Kameras, auf denen »Wir werden euch zurückkaufen« stand. Danach wollte keiner der Kaufinteressenten mehr eine Summe anbieten, die ihm aus seiner finanziellen Bedrängnis geholfen hätte.

Ihm eilte überraschend ein gerade in den offenen Haftvollzug entlassenes Genie der Finanzbranche zu Hilfe.

Nachdem auf einer kleineren Insel vor der Hauptstadt jahrzehntelang die Armenbegräbnisse stattgefunden hatten und sich eine ausgesprochene Panoramalage ergeben hatte, wurde dort in der von dem Ex- oder Nochhäftling erdachten Umstrukturierungsmaßnahme mit Meerblick der Neubau der Bundesbank errichtet. Ein stattliches Gebäude, in dem der neue Bankpräsident zunächst während seines von der Haftanstalt bewilligten Ausgangs und dann auf Grund seiner besonderen Verdienste rasch in Vollzeit seines Amtes walten konnte.

Binnen eines Jahres gelang die vollständige Entschuldung des Mutterlandes mit einer so einfachen wie alternativlosen Maßnahme.

Während zuvor in Fachkreisen die Einschränkung der Staatshoheit über ein Gebiet eigentlich nur durch eine Abgrenzung von Kompetenzen für möglich gehalten worden war, wurde nun die territoriale Zugehörigkeit der Bankinsel zeitlich festgelegt. An geraden Kalendertagen war diese Insel nun ein vollständig unabhängiges und souveränes Territorium, an ungeraden Kalendertagen gehörte sie uneingeschränkt zu dem von ihm regierten Mutterland.

Während die Steuern und Zahlungseingänge der Geldgeber grundsätzlich an ungeraden Kalendertagen gebucht wurden, bediente das Postschiff, das die Gläubigerpost brachte, den Seeweg zur Bankinsel nur an geraden Kalendertagen. Nachdem im Übrigen jedem gegen diese völkerrechtliche Regelung protestierenden Geldgeber, unabhängig von der Größe seines Territoriums oder einem räumlichen Bezug zu einem Gewässer, angedroht worden war, im Fall eines weiteren Insistierens auf Rückzahlungen zur Bösen Insel herabgestuft zu werden, konnte auf den Liniendienst des Postschiffs nach einiger Zeit ganz verzichtet werden.

Für den Notfall wurde für die Post an geraden Kalendertagen auf dem Mutterland noch eine alte Brieftaube oder Fleischtaube, so genau wusste man das nicht, vorgehalten.

DAS MUSS WEG!

Um die klassischen Facetten seines Könnens zu zeigen, hatte er schon nach seinem ersten Amtsantritt eine seinem Anspruch gerecht werdende Neuplanung des gesamten Regierungsviertels veranlasst.

Er war erstaunt, dass seine Pläne nicht mit der von ihm erwarteten Begeisterung aufgenommen wurden, da das Volk anscheinend an den alten morschen Regierungsgebäuden hing.

In den alten Regierungspalast einzuziehen, kam für ihn jedoch definitiv nicht in Betracht. Als die regelmäßige Anreise von seinem Privathaus immer beschwerlicher wurde, weil die tägliche Vollsperrung der Stadt für seine Fahrzeugkolonne auf Widerstand stieß, konzentrierte er seine gesamte Regierungstätigkeit auf die Überwindung des Widerstands gegen den Neubau.

Dessen Genehmigung wurde bei dem hierfür zuständigen Gremium immer wieder von der Tagesordnung genommen. Das Wetter war zu bedeckt, um die Pläne für den Neubau im richtigen Licht zu betrachten, das Wetter war zu nass, um den notwendigen Termin für eine Besichtigung vor Ort anzusetzen, das Wetter war zu kalt, um den Bauplatz zu begehen, oder es war zu heiß, um überhaupt über irgendetwas zu beraten.

Nachdem er sich eine Weile hatte hinhalten lassen, kam er auf die Idee, selbst etwas mehr Initiative zu zeigen. Kleinere Veränderungen konnte er selbst vornehmen, sodass er auf dem Dach des sehr alten Gebäudes einen großen Pool errichten ließ, den die Konstruktion kaum tragen konnte. Es machte den Eindruck, dass sich das stolze Haus von ihm aber nicht bezwingen lassen wollte. Seinen Neubauplänen kam er erst dadurch den entscheidenden Schritt näher, dass er ganz zufällig vor einer längeren Abwesenheit für einen der Staatsbesuche, die in seiner ersten Amtsperiode noch unvermeidlich waren, diverse Utensilien vor dem Poolablauf vergaß.

Das Unglück nahm seinen ungehinderten Lauf, als erst das Dach, dann das Obergeschoss und am Ende das ganze Gebäude überflutet wurden und der alte Regierungspalast nicht mehr zu retten war.

Um sich nicht dem Spott anderer Länder auszusetzen, bewilligte das zuständige Gremium den Neubau dann, trotz im Wesentlichen unveränderter klimatischer Bedingungen, sehr zügig.

Während der Planungsphase fiel ihm auf, dass sein Privatbudget durch die zur Durchsetzung seiner Ziele erforderlichen Geschenke stark geschrumpft war, sodass der Neubau des Regierungspalastes eine willkommene Gelegenheit bot, die eigene Kasse wieder etwas aufzufüllen. Er bewarb sich folglich mit einem noch zu gründenden eigenen bzw. natürlich offiziell nicht eigenen Unternehmen um den lukrativen Bauauftrag. Der Zuschlag wurde ihm nach

Erledigung der Übergabe der erforderlichen Geschenke erwartungsgemäß erteilt. Die Begründung des für die Genehmigung und Auftragserteilung zuständigen Gremiums verwies darauf, dass es das Unternehmen sei, das die meisten Erfahrungen habe vorweisen können. Das sei durch die vorgelegten Fotomappen hinreichend dokumentiert worden, in denen man seit dem Mittelalter in verschiedenen Ländern errichtete Regierungspaläste hätte bewundern können.

Etwas unangenehm war die ihm mit der Bewilligung erteilte Auflage, nach der Schlüsselübergabe in den neuen Palast einziehen zu müssen. Das bedeutete für ihn, der sich normalerweise nicht durch Gefühle verunsichern ließ, einen bis dahin nicht gekannten Druck. Er hatte sich bisher in seinen eigenen Immobilien mit einem freien Landbereich von solcher Größe umgeben, dass eine Bewachung nur der Form diente. Seine eigenen Immobilien hatte er indes für die Geschenke so belasten oder verwerten müssen, dass ihm auch keine wirkliche Alternative zu dem erzwungenen Umzug blieb.

Er beneidete manchmal die Kollegen in anderen Ländern, die ihr jeweiliges System so perfektioniert hatten, dass sie sich nicht von den Institutionen ihres eigenen Landes gängeln lassen mussten. Er hatte sich vorgenommen, sich für die Demütigungen eines Tages zu rächen, beschränkte sich aber zunächst auf die Anfertigung einer Liste von Gegnern, da das Bauprojekt seine ganze Aufmerksamkeit beanspruchte.

Der Baugrund war schon für den von einem namhaften Architekten geplanten Neubau des Regierungspalastes so ungeeignet, dass sämtliche nachfolgend an der Umsetzung des Projektes beteiligten Fachleute dringend empfahlen, den Gebäudekomplex wesentlich zu verkleinern. Als er das Ergebnis dieser Umplanungen sah, entließ er das gesamte Planungsteam:

»Alle selbsternannten Könige von Inselreichen mit der Größe einer Kleinstadt haben im Vergleich zu eurem Modell Paläste!« fluchte er.

Einen Moment konnte er seinen Blick nicht von dem Gemälde des alten Regierungspalastes abwenden, das man ihm bei seiner ersten Wahl geschenkt hatte. Er hatte es in seinem Privathaus aufhängen lassen.

Wie den Regierenden aus anderen Epochen mit einer entsprechenden Mehrfachbegabung blieb ihm offensichtlich nichts anderes übrig, als selbst den Plan für den Neubau des Regierungspalastes an wichtigen Stellen zu ergänzen und zu verbessern. In einem ersten Schritt verdoppelte er Höhe und Breite des Gebäudekomplexes. Mit einer besonders zügigen Strichführung, die er für einen Ausdruck seines Genies hielt, fügte er dann mächtige Türme an den vier Ecken des Gebäudes hinzu.

Er fühlte sich so in seinem Element, dass er nächtelang darüber nachdachte, ob er die eigene Anwesenheit im Regierungspalast durch Fahnen auf den Türmen anzeigen lassen sollte.

Er zog sich für mehrere Tage in ein provisorisches Planungsbüro zurück, um sich durch Filme zu weiteren Stilmitteln inspirieren zu lassen, von denen Wachmänner in Rüstung, Fanfarenbläser, eine Zugbrücke und, nach dem Wechsel zu einem versehentlich in die Sammlung geratenen Film, ein hoch über dem Palast schwebendes leuchtendes ufoähnliches Gebilde in die engere Wahl kamen.

Deutlicher Widerspruch gegen die dann rasch begonnene Umsetzung der Pläne regte sich nicht mehr. Erst in der Phase der Bauabnahme ergaben sich Beanstandungen. Die ganze Brandschutzanlage musste mehrfach erneuert, die zuständige Behörde umstrukturiert und sodann deren Leiter mehrfach ausgetauscht werden. Die endgültige Fertigstellung wurde erst realistisch, als für die Hauptstadt die Behörden seiner Heimatstadt, die allerdings mehrere Fahrstunden entfernt lag, zuständig wurden.

In der Folgezeit brannte es in der Hauptstadt fast täglich, ohne dass rechtzeitig etwas dagegen getan werden konnte. Der Regierungspalast wurde auf seine Anweisung deshalb mit einer deutlich größeren Löschanlage ausgestattet, die an den im Park gelegenen riesigen Gartenteich angeschlossen wurde.

Sein letztendlich doch noch stattfindender Umzug in den neuen Regierungspalast wurde mit einem allgemeinen Staatsfeiertag und der Einladung zu einem großen Fest gewürdigt. Er fand die Feierlichkeiten unübertroffen, bei denen sich, seiner Auffassung nach, das Beste aus vielen Epochen von den Pharaonenreichen bis zur Neuzeit in der

Summe mehr als addierte. Den Mittelpunkt bildete die aus Beständen eines von ihm als Böse Insel herabgestuften und dann zahlungsunfähig gewordenen Territoriums günstig erworbene prunkvolle goldene Kutsche, die von mehreren Motorrädern gezogen und von einer Gruppe von Elefanten begleitet wurde.

Aufrecht in der Kutsche stehend gab er, bis ihm nach einiger Zeit der Arm wehtat, in regelmäßigen Abständen Schüsse in die Luft ab, von denen nur einer den prunkvoll geschmückten Reiter eines der Elefanten traf. Da der betroffene Elefant indes zuverlässig der vorausschreitenden Artgenossin folgte, konnte der Einzug in den Palast ohne eine mit dem Zeremoniell nicht zu vereinbarende Verzögerung fortgesetzt werden.

Die Medien waren nach dem Großereignis ziemlich erschöpft und drohten sich wieder mehr den Alltagsfragen, wie dem Zustand der Staatsfinanzen, zuzuwenden.

Dann kam, wie jedes Jahr, das Fest der Kerzen. Um die Aufmerksamkeit der Öffentlichkeit wieder in die richtige Richtung zu lenken, scheute er keine Mittel, um deutlich zu machen, dass auch dieses Fest von ihm noch verbessert werden konnte. Es dauerte mehrere Wochen, um die aus sämtlichen verfügbaren Quellen herbeigeschafften Kerzen so zu dekorieren, dass die eingeladenen Medienvertreter geradezu geblendet werden würden.

Mit der Öffnung des Eingangsportals für den großen Empfang erreichten die hoch aufschießenden Flammen sogar die Decken, sodass sich auf die gerade vollendete

Festbeleuchtung der gesamte Inhalt des Gartenteiches ergoss. Die Medienvertreter waren also nicht umsonst angereist.

Als nach mehreren Stunden die Feuerwehr aus seiner Heimatstadt eintraf, war das Wasser schon abgelaufen und erstaunlich schnell im Garten versickert. Es konnte also zügig mit der Sanierung begonnen werden. Seine Gedanken richteten sich vor allem auf die Frage, ob er den Einzug nach der Sanierung ähnlich prunkvoll gestalten sollte wie seinen Erstbezug.

Bis dahin musste er sich auf die wenigen Bereiche des Gebäudes beschränken, die von den Wassermassen nicht stark in Mitleidenschaft gezogen worden waren, sodass er sie noch zumindest eingeschränkt nutzen konnte.

Er merkte zuerst an seinem Schreibtisch sitzend, dass, abgesehen von den bekannten Schäden an dem Gebäude, irgendetwas nicht so war, wie es sein sollte. Alles, was er auf die Tischplatte legte, kam ihm entgegen. Der Füller rollte immer in eine Richtung. Die Papiere wollten nicht auf einem großen Stapel liegen bleiben. Am Ende rollte er nachts in seinem Bett immer wieder unfreiwillig in eine andere Lage. Er stand auf und fluchte:

»Ihr wollt mich fertig machen.«

»Das werde ich euch nicht durchgehen lassen!« drohte er laut, obwohl seine Ehefrau für die Zeit der Sanierung eine eigene Wohnung bezogen hatte und Junior sich für das Gefälle im Bett auch nicht verantwortlich fühlte.

Zu diesem Zeitpunkt konnte es bereits jeder sehen, dass sich das Gebäude neigte. Die Neigung nahm täglich zu, bis bestimmte Türme übertroffen wurden, ohne dass man mit diesen wirklich konkurrieren wollte.

Die Frage des Abrisses stellte sich nicht mehr, als Teile des Gebäudes so sehr im Untergrund versanken, dass es vollständig in sich zusammenfiel.

Sein Regierungssitz befand sich seitdem in einem so genannten temporären Regierungsdorf, das aus mehreren Containern verschiedener Größe bestand. Es fehlte ihm temporär auch an den erforderlichen finanziellen Mitteln, durch großzügige Geschenke die seinem Bauunternehmen für die Fehlkonstruktion drohenden Sanktionen doch noch abzuwenden. Da sein Bauunternehmen auch den Auftrag für den Wiederaufbau des Regierungspalastes hätte abarbeiten müssen, wollte niemand einen zweiten Neubau des Regierungspalastes beschließen, planen oder ausführen.

Ihr gehört mir!

Schließlich brauchten viele Bürger in diesem nicht wirklich dankbaren Volk noch etwas Unterstützung, um ihre Prioritäten richtig zu setzen und die notwendige Loyalität zu erkennen.

Die Mittel, die er für die Kontrolle von Regierungskritikern einsetzen konnte, waren bei der breiten Masse aus seiner Sicht nicht wirklich geeignet. Er ging davon aus, eine Bevölkerungsmehrheit mit Gewalt nicht für immer an sich binden zu können, und wollte auch an dem für ihn mühsam erarbeiteten Werbekonzept festhalten, sich als fürsorglicher Staatslenker zu präsentieren. Eine Rolle, für die er vor wichtigen Reden Gestik und Mimik vor dem Spiegel sorgsam einstudierte.

Irgendwann kam er unter Zugzwang, da erstmals in der Geschichte seines Landes die Abwanderung deutlich über der Zuwanderung lag. Der beauftragten Werbeagentur war es nicht gelungen, aus diesem Phänomen eine positive Botschaft zu konstruieren, sodass er sich mit dem Problem auseinandersetzten musste.

Auf die Auswahlliste kamen ganz oben Vorhaben nach dem Vorbild anderer Länder, die zumindest übergangsweise erfolgreich auf den Bau von Zäunen und Mauern gesetzt hatten, um ihre Bürger an ihre Heimatliebe zu erinnern. Er erdachte selbst ein, diesen Vorläufern bei genauerer Betrachtung allerdings sehr ähnliches, Konzept mit der Botschaft »Unsere gute Insel«. Es missfiel ihm sehr, dass ihn niemand beglückwünschen wollte, obwohl an der Genialität seines Einfalls seiner Auffassung nach kein Zweifel bestehen konnte. Seine zu diesem Zeitpunkt noch recht zahlreichen Mitarbeiter verbargen anscheinend ihre eigene Meinung hinter Berechnungen, nach denen weder die finanziellen Mittel noch die Arbeiter vorhanden seien, um solche Pläne in die endgültige Auswahl geeigneter Maßnahmen zu nehmen. Ein einfacher Blick in die nur etwas entferntere Geschichte zeigte, wie er meinte, dass es sich um Scheinargumente handelte. Er schäumte:

»Ihr meint, die Pyramiden haben sich selbst gebaut?«

Den Ausschlag gab allerdings der Protest seiner Ehefrau, die ihm mitteilte, sich dann in dem Land des von ihr favorisierten Schuhdesigners niederzulassen. Es war ihm klar, dass ihn dieser Schritt die nächste Wiederwahl kosten könnte.

Mangels räumlicher Barrieren hatte man der Abwanderung in der Folgezeit erst dadurch für einige Wochen etwas Herr werden können, dass Bürgern, deren Loyalität nicht vollständig gesichert war, auf die zur Ausreise notwendigen Papiere über das Passbild »Nicht zur Einreise auf eine Böse Insel« gestempelt wurde. Nachdem sich die betroffenen Einreiseländer daran gewöhnt hatten, avancierten die Pässe allerdings recht bald zu Sammlerstücken und wurden zu Höchstpreisen auf einschlägigen Portalen versteigert. Er dachte nur kurz darüber nach, seine finanziellen Probleme durch die mehrfache Versteigerung seines eigenen Passes zu lösen.

Da auch er nach einiger Zeit nicht mehr an den Erfolg ausreisebeschränkender Maßnahmen glaubte, musste er mit noch bewährteren Maßnahmen nachsteuern. Er ließ die Ausgereisten durch in seinem Dienst stehende Bürger, deren unerschütterliche Loyalität gesichert war, unter dem Schutz der diplomatischen Immunität in der gewählten Heimat besuchen. Diese sollten die Ausgereisten bis zur vollkommen freiwilligen Heimreise in ihrem Alltag begleiten und möglichst auffällig bei jedem Wetter und zu jeder Uhrzeit vor deren Zuhause, Schule oder Arbeitsstelle stehen oder sitzen. Zu erkennen waren seine begleitenden Mitarbeiter an ihrem stetigen Rauchen bzw. Husten, das den notwendigen Überwachungsdruck aufbauen sollte. Es war Nebensache, dass es im Übrigen das einzige Mittel war, um die Langeweile dieser Aufgabe zu bewältigen.

Besonderer Beliebtheit erfreuten sich bei seinen intensiv begleiteten Landsleuten in der Folgezeit kleine Drohnen in Vogelform, bei denen in der aktuellsten Modellgeneration »Drossel 7« ein kontinuierliches Piepen die Geräusche der kleinen Rotoren fast vollständig überdecken konnte. Die Anbieter konnten am Ende kaum die Nachfrage an Dünger decken, der durch Verflüssigung in das aus Vogelparadiesen stammendes Ausgangsmaterial verwandelt werden konnte. Der Dünger fand in diesem Urzustand vor allem Verwendung in den unter Drossel 7 angebrachten Behältern, die sich, wenn die weit verbreitete V.K.K.-App Anhaltspunkte für eine kontinuierliche Begleitung ermittelte, in der Standposition über dem Begleiter in individuell einstellbaren Abständen von Sekunden oder Minuten kurz öffneten und eine geringe Menge ihres Inhaltes freigaben. Die Ausgereisten ließen es sich im Regelfall nicht nehmen, die Stimmung ihrer Begleiter ab und zu mit einem freundlichen »piep, piep!« etwas aufzuheitern.

Die meisten seiner mit diesen Aufgaben betrauten Mitarbeiter beantragten nach wenigen Monaten, von dem Begleitungsdienst entbunden zu werden. Das häufige Rauchen führte indes regelmäßig auch zur Ausweisung dieser besonderen Diplomaten.

Er bestätigte sich am Ende, dass ein erlauchter Kreis immer klein ist und die Ausgereisten ihn vermutlich auch bei zukünftigen Wahlen nicht gewählt hätten.

Er verlegte sich deshalb auf die nachhaltige Sicherung der Loyalität der Bürger in seinem eigenen Hoheitsbereich. Er ließ sich in einer zu seiner »Reifezeit« gehörenden Amtszeiten, so die Bezeichnung in einer sich bis zu ihrer Rettung durch Staatshilfen in finanzieller Schieflage befindenden Zeitung, von einem Konzept überzeugen, bei dem die Vergabe von Land und Wohnraum vollständig in ein staatliches Zuteilungssystem überführt wurde. Dabei wurde, wie könnte es anders sein, für das Allgemeinwohl zunächst eine flächendeckende Enteignung von Grund und Boden vorgenommen, wobei nur seine eigenen Immobilien nach der von ihm für angemessen gehaltenen Auslegung der Vorschriften hiervon ausgenommen wurden.

Die Proteste gegen die Maßnahme als solche blieben erfolglos. Die betroffenen Bürger erzwangen aber eine Entschädigung. Er schwankte, ob er dem Umstand, dass sich bei den Entschädigungsforderungen die Fläche des von ihm regierten Territoriums gegenüber früheren Berechnungen mehr als verdoppelte, positiv oder negativ gegenüberstehen sollte.

Eindeutig negativ war, dass die Finanzierung der Staatsausgaben damit, trotz der temporären Souveränität der Bankinsel, noch schwieriger wurde.

Positives Ergebnis der Maßnahme war, dass er das Wahlrecht nach einem Wählerpunktesystem staffeln konnte, bei dem nur in bestimmten Wohnbezirken ein volles Stimmrecht gewährt wurde. Die Staatsfinanzen mussten ihn dann nicht mehr wirklich interessieren. Es wurde in jedem Einzelfall die Berechtigung zum Neuerwerb von Immobilien geprüft, wobei den Bürgern nur die Wahl zwischen dem Neuerwerb oder einem Leben in einer der zu seinem Hoheitsgebiet gehörenden Wüsten gelassen wurde.

Einige Bürger verbrachten ein verlängertes Wochenende mit dem Beginn der Lektüre der Gesammelten Werke von Karl May oder der Besichtigung von Wohnmobilen. Die meisten von ihnen nahmen aber Abschied von dem innerlich mit einem »mh, mh, mhh-mh, mh, mhh, mh, mhh-mhh, mh« begleiteten Glücksgefühl, als eine namhafte Kaffeehauskette ihre Pläne zur Errichtung von Filialen in den zu besiedelnden Territorien endgültig aufgab.

Besonders loyalen Parteifreunden wurden die Immobilien sogar zu einem Preis zurückgegeben, der deutlich unter der Enteignungsentschädigung lag.

In der nächsten Loyalitätsstufe konnte das vormals eigene Land für den Entschädigungsbetrag zurückerworben werden.

In den darunter liegenden Kategorien erfolgte mit dem Wählerpunktesystem eine Staffelung nach Größe von Grundstück und Wohnung sowie Entfernung von der Hauptstadt und bestimmten Sondergebieten, die zu einer sehr hohen Kategorie des Wählerpunktesystems gehörten. Dabei wurde der Preis nach Einkommen und Vermögen grundsätzlich so hoch angesetzt, dass die Immobilien nur mit staatlichen Krediten von solcher Höhe erworben werden konnten, dass auch bei der günstigsten Entwicklung und bleibender Loyalität noch zumindest die Ur-Urenkel die Kredite würden zurückzahlen müssen.

Um das Bestreben insbesondere auch dieser Kinder der nachfolgenden Generationen, ihren Keditverpflichtungen nachzukommen, etwas zu fördern, hatten auch für diese Nachkommen Verstöße gegen die offene Bekundung einer ausreichenden Rückzahlungsbereitschaft, wie der Erhalt einer Kündigung des Arbeitsplatzes wegen einer Verletzung der üblichen Huldigungsriten, gerechte Konsequenzen. Zu den allgemeinen Verpflichtungen sämtlicher Arbeitnehmer gehörte insbesondere das tägliche gründliche und liebevolle

Reinigen seines Porträts, das zur Grundausstattung jedes Arbeitsplatzes gehörte, und das Auswendiglernen seiner Tagesbotschaft, die er in dem zum allgemein üblichen Gruppenessen gehörenden Glückkeks verpacken ließ.

Im Laufe der Zeit konnten einige trotzdem Uneinsichtige, leider ohne die gesicherten Vorzüge eines Gourmetkaffees, doch noch die unbegrenzten Möglichkeiten einer nicht durch überverdichtete Siedlungen verstellten Landschaft kennenlernen. Die Betroffenen waren gut beraten, ihr Glück nicht zu deutlich zu machen, da zu den möglichen Alternativen auch die Umsiedlung auf eine der mit eigentümlichen Pflanzen bewachsenen Inseln gehörte, auf denen A.Y. seine Raketen regelmäßig testen durfte.

Neben dem pädagogischen Effekt lag für ihn der Sinn dieser finalen Insellösung auch darin, dass Fehler in der Konzeption der von A.Y. entwickelten Rakete deutlich früher erkennbar wurden, als dies unter Laborbedingungen der Fall gewesen wäre. So wurden bauartbedingte Lecks in den Tanks der Raketen ohne aufwändige Messungen ermittelt, weil die von ihrer Besserung profitierenden Bewohner der Insel am frühen Morgen statt in ihren Hütten in den Kronen der auf der Insel verbliebenen Bäume saßen, die in einigem Abstand von den das Ufer sichernden Zäunen standen. A.Y. teilte ihm daraufhin freudig mit:

»Auf diese Idee wäre ich nie gekommen.«

Da er sah, dass A.Y. zu klugen Einschätzungen in der Lage war, verdoppelte er daraufhin in einem Moment besonderer

Großzügigkeit die bereits recht üppige staatliche Förderung für das Raketenprojekt.

Die als Reifezeit bezeichneten Amtsperioden lagen allerdings schon länger zurück. Als sich viele in ihrer Loyalität nicht mehr ausreichend belastbar erscheinende Mitarbeiter seines eigenen Stabes unter den Pionieren dieses Inselwohnmodells wiederfanden, nahm die Zahl der Bewerber für die zu vergebenden Regierungsposten, was er sich überhaupt nicht erklären konnte, rapide ab. Auch einige seiner früheren engsten Mitarbeiter schienen nach einiger Zeit seine besondere Fürsorge nicht mehr richtig zu schätzen und vermieden den Kontakt, soweit es möglich war. Es wurde hinter vorgehaltener Hand getuschelt, einzelne seiner früheren Beamten lebten nach ihrer Ausreise und Wiedereinreise unter Angabe eines Aliasnamens ohne Papiere in seinem Hoheitsgebiet.

Es wurde ihm klar, dass er in seiner Politik stärkere positive Akzente setzen musste.

Wuff!

Sein liebstes Inselprojekt war nicht die für die Bundesbank an ungeraden Kalendertagen genutzte Insel. Die A.Y. für seine Testversuche überlassenen Inseln gab es offiziell nicht, sodass diese sich nicht als Lieblingsprojekt qualifizieren konnten. Die schönste und größte der seiner Hauptstadt vorgelagerten Inseln wurde für sein Saurierprojekt reserviert, das den Weg zurück zur Natur bereiten sollte. Auf diese Idee war er ohne fachkundige Beratung gekommen, was er nicht ohne eine gewisse Befriedigung vor seinem inneren Auge passieren ließ. Schon als kleines Kind hatte er die Filme mit den urtümlichen Riesen immer und immer wieder gesehen und löste sich von deren Faszination auch später nicht.

Zunächst wurden aus den Zoos seit Urzeiten wenig veränderte Tiere gesammelt und auf der Insel, die nun den Namen »Insel der Ahnen« trug, ausgesetzt. Das Ergebnis war ein vor allem von kleinen und großen Echsen wimmelnder Busch. Die Neuankömmlinge befreiten die Insel je nach Nahrungsvorliebe relativ zügig von der Vegetation bzw. den dort bereits vorhandenen Kleintieren und dann von ihren Artgenossen. Das war nicht wirklich der gewünschte Effekt, begründete für ihn aber keine Zweifel an dem Gesamtprojekt.

Sein Fernziel, das er vorläufig noch für sich behielt, war sowieso die Entlastung der Raketenversuchsinsel von der drohenden Überbevölkerung mit den Anwärtern von der Nachrückerliste, die er »Buschfutter« nannte. Im Fall einer erfolgreichen Nachzucht von Großsauriern mit vielleicht noch nicht gefestigter Nahrungspräferenz würde er diese Entlastung deutlich schneller verwirklichen können.

Es hatte geraume Zeit gedauert, bis aus Fossilien zumindest Teile der Saurier-DNA so aufbereitet werden konnten, dass man daran denken konnte, in die Testphase für eine Neuerschaffung der ausgestorbenen Tiere überzugehen. Da wegen der räumlichen Nähe der Insel der Ahnen zur Hauptstadt alle namhaften Labore weitere Versuche auf Grund der erheblichen Haftungsrisiken ablehnten, beauftragte er im Namen der Regierung ein Hinterhoflabor mit der Umsetzung seines Renaturierungsprojektes.

Bei der ersten Mischung, bei der Saurier-DNA so mit Elefanten-DNA gemischt wurde, dass Hoffnung bestand, eine Elefantenkuh würde einen Neusaurier zur Welt bringen, war die Laborantin sehr unglücklich verliebt. Das hatte zur Konsequenz, dass Tränen in die Mischung gerieten.

Der weitere Verlauf gestaltete sich zunächst sehr vielversprechend und nach einem fast endlos erscheinenden Warten kam in seiner Anwesenheit schließlich etwas auf die Welt, das zwar im Wesentlichen wie ein Elefant aussah, aber deutlich größer als ein Elefantenkalb war und zumindest einzelne Merkmale eines Sauriers aufwies. Es wollte aber nichts trinken und nichts fressen. Als Ursache konnten die herbeigerufenen Fachärzte eine schwere Depression diagnostizieren, die sich niemand erklären konnte. Sie verordneten eine mehrjährige intensive Gesprächstherapie, die indes von dem Elefanten-Saurier-Nachwuchs nur mit Apathie quittiert wurde, bis man diesen aufgab.

Bei dem zweiten Versuch eines Schöpfungsaktes war er anwesend.

»Das mache ich selbst, damit das auch funktioniert«, sagte er in einem Ton, der keinen Widerspruch zuließ.

Bei dem Mischen der DNA fiel, ohne dass er es bemerkte, eine Hautschuppe in das Reagenzglas. Wieder musste die Elefantendame die Mutterrolle übernehmen und brachte tapfer etwas auf die Welt, das allerdings eher wie ein Mammut als ein Saurier aussah. Mehrheitlich bereits für die Raketenversuchsinseln auf der Nachrückerliste geführte Journalisten meinten, eine gewisse Ähnlichkeit dieses neuen Nachwuchses zu ihm ausmachen zu können, und schufen eine Karikatur, die eine Mischung aus seinem Bild und dem Neusaurier darstellte. Das verkürzte leider die Lebensdauer auch dieses Elefanten-Saurier-Nachwuchses deutlich.

Bei dem dritten Versuch schlich sich unbemerkt Junior in das Labor und untersuchte schnüffelnd die gerade frisch zubereitete Sauriermischung.

Erneut verrichtete die Elefantenmutter stoisch ihren Dienst und war sichtlich erleichtert, dass der Nachwuchs deutlich kleiner auszufallen schien als bei den vorausgegangenen Versuchen. Nachdem man bei genauer Prüfung keine auch nur entfernte Ähnlichkeit mit ihm feststellen konnte und dieser Neusaurier auch deutlich besser gelaunt zu sein schien als der Vor-vor-gänger, entwickelte sich bei allen Beteiligten ein länger anhaltender Optimismus. Der Neusaurier wuchs und wuchs, sodass Hoffnung bestand, man sei einen guten Schritt in die richtige Richtung gekommen. Etwas auffällig war nur das sich entwickelnde dichte Fell, das irgendwie überhaupt nicht zu einem Saurier zu passen schien.

Nach einigen Monaten wurden die ihm noch freundlich gesinnten Journalisten zu einem Medienempfang auf die Insel der Ahnen geladen. An dem großen Tag ließ er seine Schöpfung vorführen und legte fürsorglich und stolz seinen Arm auf den Kopf seines kleinen Lieblings.

Gerade als alle Kameras auf das glücklich scheinende Paar gerichtet waren, erfolgte die erste Lautäußerung des Nachwuchses. Zuerst war nur ein kaum vernehmbares Bellen zu hören, dann aber kam deutlich hörbar:

»Wuff!«

Nur Junior antwortete darauf mit großer Freude.

STOTTER!

Seine Versuche, die Medien zum Motor seines Erfolges zu machen, waren auch im Übrigen nur begrenzt erfolgreich, wobei es nicht an in der Theorie bestechenden Modellen fehlte. Hierzu gehörte das von ihm selbst entwickelte Modell der »Zwei-Säulen-Struktur«.

Ein staatlich finanzierter Sender übertrug in sämtlichen Medienformaten rund um die Uhr Beiträge über ihn. Diese Medien konnten stolz auf eine »100 Prozent-Nutzung« durch sämtliche Bürger verweisen. Er verstand die wiederholt an ihn gerichtete Frage der Verbraucherschützer nicht, ob die bei sämtlichen Empfangsgeräten von Herstellerseite festgelegte Geräteeinstellung, die im Hintergrund eine dauernde Nutzerpräsens zur Sicherheit auch über den Tod hinaus meldete, ausreichend sei, um Zweifel an der Loyalität für die betreffenden Bürger auszuräumen.

Seiner Auffassung nach konnte er damit auch getrost ignorieren, dass sich bei einer unüberschaubaren Zahl von Kleinstmedienanbietern diverse Bürger in einer Art der inneren Emigration betätigten. Sie arbeiteten mehr oder weniger professionell für die Opposition, gefangen in ihrem eigenen Wahn oder bzw. und für seine Unterstützung, sodass er den Überblick verlor.

Im Übrigen etablierten sich Medien mit einem relativ hohen Bekanntheitsgrad, die er offiziell ebenfalls nicht zur Kenntnis nahm, und die überwiegend von inzwischen physisch emigrierten Bürgern unterhalten wurden. Diese lieferten sich mit Behörden und Zensur einen sich täglich wiederholenden Wettlauf, um Störungen dieser inoffiziellen Medieninfrastruktur zu umgehen.

Auf den Dächern bewegten sich nachts Schatten, die in Abständen von wenigen Metern überall Sendemasten anbrachten, von denen die wenigsten bei näherem Hinsehen allerdings mehr als eine bloße Attrappe waren. Zum täglichen Vergnügen der Schaulustigen wurden im Rahmen der natürlich einzuhaltenden Sicherheitsmaßnahmen immer neue Gerüste gestellt, um die vermeintlichen Sendemasten durch geschultes Personal beseitigen zu lassen. Der Abbau eines Gerüstes war ein zuverlässiges Indiz, dass das betreffende Dach am nächsten Tag vollständig mit neuen Sendemasten besetzt war.

Ähnlich verlief die Beseitigung der Flugobjekte, mit denen der Himmel an bestimmten Tagen bedeckt zu sein schien, und die in dem Verdacht standen, neben Werbung auch Sendetechnik zu tragen. Das im Dauerlauf mit der Verfolgung der Flugobjekte beschäftigte Personal wurde regelmäßig den physischen Anforderungen der Aufgabe nicht gerecht oder wollte mehrheitlich irgendwann nicht mehr zur allgemeinen Belustigung beitragen.

Zumindest für kürzere Zeiträume des Tages konnte die Übertragung auch einer unabhängigen Berichterstattung, wie man sie vor langer Zeit als selbstverständlich hingenommen hatte, nie vollständig beseitigt werden.

Er setzte deshalb vor allem auf die zweite Säule seines Medienmodells. Er suchte den Kontakt zur Bevölkerung hauptsächlich über den von ihm selbst eingeführten Ultrakurznachrichtendienst »STOTTER«, der im Gegensatz zu den mit überflüssigem Inhalt befrachteten Vorgängern nur Nachrichten mit höchstens 14 Zeichen zuließ.

Volk und Medien gingen dazu über, nur noch Nachrichten zu beachten, die mit einem Wert auf der Skala der »Medienunterstützten erweiterten Lektüre-Leitlinien«, abgekürzt: »M.U.E.L.L.-Wert«, von mindestens -11 gekennzeichnet waren. Dieser Wert wurde nur ganz selten übertroffen, weil er nach einiger Übung im Umgang mit diesem neuen Medium dazu überging, seine Gedanken in ihrem Fluss niederzuschreiben. Selbst bei den Gedanken mit einer eher übersichtlichen Komplexität genügte selten die vorgegebene maximale Anzahl von Zeichen, was sich allerdings erst dadurch besonders bemerkbar machte, dass er in der Regel mindestens zwei Nachrichten nicht in der chronologisch richtigen Reihenfolge freigab. Zumindest einen gewissen künstlerischen Anspruch konnten die insoweit berufenen Fachkreise dem Ergebnis regelmäßig nicht absprechen.

Seine Umfragewerte sanken allerdings trotzdem oder gerade deswegen zunächst längere Zeit nicht in bedrohlichem Ausmaß. Die bestehende Regierung hatte zumindest einen gewissen Unterhaltungswert. Unklar blieb, ob manche Bürger deshalb nicht darauf verzichten wollten.

ALLES AUF DIE NULL!

Genau genommen war er als Privatmann nach den ersten Amtsperioden völlig überschuldet. Da die Bundesbank ihm weiterhin neue Kredite mit hohen Negativzinsen gewährte, verringerten sich seine Schulden mangels Rückzahlung mit der Zeit zumindest etwas. Das beendete aber nicht wirklich seine insgesamt sehr schwierige finanzielle Lage. Ohne große Geschenke ging für ihn nichts mehr. Selbst der Pförtner des Regierungsdorfes verzögerte seinen Einlass in regelmäßigen Abständen so lange, bis ein Umschlag durch das Fenster geschoben wurde.

Als abzusehen war, dass er die nächste Wiederwahl nicht würde finanzieren können, war ihm klar, dass nur noch ein großer Befreiungsschlag helfen würde. Er kündigte deshalb eine Rede im Garten des temporären Regierungsdorfes an und verordnete eine allgemeine Staatsaufmerksamkeit. Nach den hierzu von ihm erlassenen Regelungen beinhaltete das die Pflicht zur Einschaltung eines Empfangsmediums, sodass die gesamte Bevölkerung die nächsten Stunden auf seine Rede warten musste.

Ohne selbst auf seine Rede zu warten, verließ er heimlich und ohne Beschützer seinen Container. Er nahm einen der zur besseren Unterscheidung mit einem größeren Pfeil markierten Umschläge aus der für Geschenke reservierten

[45]

Schublade mit, ging dann aber noch einmal zurück und fand nach langem Suchen eine alte Geldklammer. Um eher wie ein einkaufender Bürger zu wirken, steckte er einzelne Scheine aus dem Umschlag in die Geldklammer und verließ seinen Container dann erneut Richtung Innenstadt.

Mit einer noch aus seiner Jugendzeit stammenden sehr großen Sonnenbrille und ohne sein Haarteil erkannte ihn niemand, sodass er, ohne besondere Aufmerksamkeit zu erregen, verschiedene Geschäfte aufsuchen konnte.

Zuerst besorgte er sich ein großes aufblasbares Krokodil.

»Ich brauche das Krokodil für meine Kinder«, stellte er gegenüber dem freundlich lächelnden Verkäufer klar.

Er benötigte danach mehrere Anläufe, einen sehr großen Müllsack zu kaufen. Die ersten scheiterten, obwohl er jeweils angab:

»Ich benötige den Müllsack für meine Ehefrau.«

Als es dunkel genug war, ging er leicht humpelnd, weil die Füße von dem ungewohnten Fußmarsch schmerzten, zu dem in seinen Umrissen gut erkennbaren Strand an dem der Bankinsel gegenüberliegenden Ufer.

Er bohrte mit einem kleinen Stock, der auf dem Strand lag, drei Löcher in den Müllsack. Dann blies er das Krokodil auf. Erst als er den Müllsack über den Kopf zog, bemerkte er, dass dieser ihm im Stehen nur bis zu den Knien reichte. Nach einigen Proberunden auf dem Strand war er sich aber schließlich sicher, dass im gebückten Entengang auch die Füße fast abgedeckt wurden. Er ließ das Krokodil ins Wasser. Schon im unangenehm kalten Wasser sitzend, zog er nach längerer Überwindung ruckartig das Tier über sich und gewann in Rückenlage schwimmend zügig an Fahrt. Geplant hatte er, in circa zwei Stunden zur Bankinsel zu gelangen. Er erreichte erst dann ein ungeahntes Tempo, als ein leibhaftiges Krokodil sich für den Artgenossen zu interessieren begann und diesem in einem gewissen Abstand folgte, den es anscheinend für eine erste Kontaktaufnahme für geboten hielt.

Auf der Bankinsel angelangt, konnte er durch die große Bootsgarage auf dem Fluchtweg in umgekehrter Richtung unbemerkt in das nur durch eine unverschlossene Tür gesicherte Untergeschoss des Bankgebäudes eintreten. Mit der Gewissheit, dass das Aufsichtspersonal weiter auf die Übertragung seiner Rede warten musste, begab er sich mit dem ihm bekannten Zugangscode in den Buchungsraum und überwies die Steuern des vorausgegangenen und des laufenden Jahres auf sein eigenes, bei einer Bank außerhalb seines Hoheitsgebietes geführtes Konto. Er hinterließ für die Buchung noch die Signatur des Bankpräsidenten und verließ das Bankgebäude auf dem Weg, auf dem er gekommen war.

Die Rückkehr zum Festland kam ihm so endlos vor, dass er für kürzere Strecken teilweise nur noch leicht mit den Füßen paddeln konnte und fast so etwas wie Reue empfand. Als er unerwartet doch noch mit dem Rücken unsanft auf dem Schotter des Festlandufers anlandete, schleppte er sich keuchend vom Strand die Böschung hinauf und suchte, so wie er war, ein Taxi. Damit hatte er erst nach einiger Zeit Erfolg, nachdem er den Müllsack wieder abgelegt und die

Luft aus dem Krokodil gelassen hatte. Nach mehreren Stunden kam er, inzwischen fast wieder trocken, in der Casino-Metropole an und wurde dort besonders freundlich empfangen:

»Sie sind immer unser liebster Gast!« kam ihm strahlend der Casino-Betreiber entgegen.

Er benötigte fast eine Stunde, um die zwischenzeitlich seinem eigenen Bankkonto gutgeschriebenen Steuergelder in Spielchips einzutauschen.

Das Glück war zunächst auf seiner Seite, sodass er seinen Spieleinsatz verdoppelte und auch noch vervierfachte. Eine besonders umsichtige und dem Casino-Betreiber überaus zugetane Assistentin verließ bereits den Spielsaal, um den im Erste-Hilfe-Bereich vorgehaltenen Defibrillator auf seine Einsatzfähigkeit zu untersuchen.

In der festen Überzeugung, an diesem Tag nur noch Glück haben zu können, stellte er sich breitbeinig vor den Spieltisch und zeigte darauf mit dem Befehl:

»Alles auf die Null!«

Er verlor alles, bestritt aber noch, dass das Spiel ordnungsgemäß verlaufen war. Der Spieltisch sei nicht geeicht. Er fluchte am Ende so laut, dass man die Einzelheiten nicht mehr verstehen konnte, und verließ das Casino, nachdem er höflich dazu aufgefordert worden war, mit der Drohung:

»Ich werde das hier alles dichtmachen!«

ER MUSS GRILLEN!

Es dauerte nach seinem Besuch in der Bundesbank wenige Tage, bis sich das Fehlen der Gelder nicht mehr verbergen ließ.

Der Bankpräsident beteuerte:

»Ich habe damit nichts zu tun.«

Das konnte dem Vorbestraften nicht helfen. Am Ende des von den Medien intensiv begleiteten Schnellverfahrens stand zunächst noch eine lebenslängliche Zuchthausstrafe.

Durch seine Einflussnahme wurden indes immer neue Anklagen wegen angeblicher weiterer Fehlbeträge erhoben, bis am Ende die Todesstrafe für den Bankpräsidenten allen Beteiligten als einzig gerechte Strafe erschien. Dazu trug erheblich bei, dass der Bankpräsident überhaupt keine Reue zeigte.

Anders als üblich, erwartete den inzwischen seines Amtes enthobenen Bankpräsidenten wegen der besonderen Bedeutung der Angelegenheit bereits am Tag nach der letzten Verurteilung der elektrische Stuhl. Man brachte den Todeskandidaten am frühen Morgen in den abgeschotteten Raum, setzte ihn auf den Stuhl und gurtete ihn fest.

In der vorausgegangenen Nacht hatte ein starker Sturm eingesetzt, sodass alle Straßen zum Gefängnis, in dem die Hinrichtung stattfinden sollte, inzwischen unpassierbar waren und die zur Hinrichtung eingeladenen Personen auch Stunden nach dem geplanten Termin noch nicht eingetroffen waren. Auch bis zum späten Abend passierte nichts. Der Todeskandidat war inzwischen auf dem nicht wirklich für eine längere Benutzung ausgestatteten Sitz in der ziemlich unbequemen Haltung mehrfach eingeschlafen,

Erst nach Ablauf der Nacht traf doch noch die Abordnung ein, die dem Todeskandidaten eigentlich zur endgültigen und vermutlich bequemeren Köperlage verhelfen sollte. Es folgte, wobei der Todeskandidat immer noch tief schlief, die Verlesung der von ihm verübten Taten.

Den weiteren protokollgemäßen Ablauf vereitelte ein starker Blitz, der die gesamte Stromversorgung lahmlegte. Nach einer weiteren Stunde fand sich wenigstens eine Kerze, damit die Abordnung mit der Aufforderung an den schlafenden Todeskandidaten, sich doch nun dauerhaft zu bessern, zum feierlichen Ende der Verlesung kommen konnte.

Erst als der elektrische Stuhl in Gang gesetzt werden sollte, wurde allen mit Ausnahme des weiterhin schlafenden Hinzurichtenden klar, dass sich insoweit ohne Strom erhebliche Probleme ergeben würden. Während der Zeit des Überlegens wurde der Todeskandidat daher weiter seinen Träumen überlassen.

Schließlich forderte die Abordnung den Gefängnisdirektor auf, den Strom selbst herzustellen. Man würde andernfalls die Presse informieren, dass der Gefängnisdirektor die Hinrichtung vorsätzlich hintertrieben habe. So unter Druck

gesetzt, ließ der Gefängnisdirektor aus dem Aufenthalts-
bereich der Gefangenen alle verfügbaren Rudermaschinen
und Ergometer herbeischaffen, die, eigentlich für eine
körperliche Ertüchtigung erdacht, einen diesem Zweck
entsprechenden Erfolg in diesem besonderen Trakt des
Gefängnisses häufig nicht nachhaltig sichern konnten.

Da man nicht einer Überzahl von Gefangenen gegen-
überstehen wollte, mussten nun ausnahmsweise die Wärter
die Geräte bedienen. Nach circa einer halben Stunde konnte
schon eine Glühbirne durch mehrere besonders sportliche
Wärter mit der erforderlichen Energie versorgt werden, was
die Stimmung der meisten Anwesenden deutlich hob und zur
Verlegung von Kabeln von den Geräten zum elektrischen
Stuhl führte. Zum Schluss schnauften im Wechsel mehrere
Gruppen von Wärtern in einer Reihe, was jedoch das zur
Anzeige der Stromversorgung des elektrischen Stuhls
dienende Lämpchen nur schwach flackern ließ.

Nach mehreren Stunden erinnerte man sich an den
besonders bewachten und mit einem großzügigeren Zeitplan
ebenfalls auf sein Ableben wartenden Verurteilten, der von
allen nur »Gorilla« genannt wurde. Der Gefängnisdirektor
dachte laut:

»Kann man das nicht wesentlich einfacher machen?«

Und nach längerem Zögern:

»Man könnte doch ganz ausnahmsweise, ich meine mit
Unterstützung von Gorilla, Sie wissen schon, von der vom
Gericht angeordneten Todesart für den Bankpräsidenten
etwas, vielleicht ganz leicht, abweichen?«

Auch die zu der Abordnung gehörende Menschenrechts-
beobachterin verstand nun, worauf der Gefängnisdirektor
hinauswollte, blieb aber standhaft und protestierte:

»Das kommt überhaupt nicht in Frage, das muss hier
ordentlich ablaufen!«

Mit vollem Einverständnis aller Verantwortlichen wurde
dann Gorilla vorübergehend die alleinige Oberaufsicht über
die zur Energieerzeugung herangezogenen Wärter über-
tragen. Das Ergebnis war, dass der noch auf dem Stuhl
schlafende Todeskandidat wegen der nun doch etwas
kitzelnden Drähte sogar kurz aufwachte.

Zu guter Letzt waren alle so erschöpft, dass sie sich auf
die Zuschauerbänke legten und schliefen. Aus der
Perspektive der Liegenden schien der Todeskandidat auf
seinem Stuhl wie auf einem Thron über ihnen zu schweben
und erschien vielen der Anwesenden auch in ihren Träumen.

ER MUSS WEG!

Weil auch die Hauptstadt durch die heftigen Stürme inzwischen von der Stromversorgung abgeschnitten war und im Regierungscontainer nur noch die Notbeleuchtung funktionierte, zeigte er sich am folgenden Morgen, als es hell genug war, auf dem Rasen vor seinem Container. Er trat vor die aufgeregte Menge, die lautstark ein konsequentes Handeln der Regierung nach der unfassbaren Veruntreuung der Steuergelder forderte.

»Ich werde höchstpersönlich dafür sorgen, dass Rache geübt wird für diesen verwerflichen Raub an den mühsam zusammengetragenen Steuergeldern, die nur euch allein gehören«, sagte er.

Er beschrieb mit großen Gesten, wie er sich breitbeinig und mit ausgebreiteten Armen vor den Schatz gestellt hätte, um diesen ungeachtet von Schmerzen zu verteidigen, wenn seine unfähigen Mitarbeiter es nicht versäumt hätten, ihn rechtzeitig zu informieren.

»Ich habe umgehend einen Mitarbeiterstab gebildet, den ich angewiesen habe, alles Notwendige zu tun, damit endlich der starke Arm des Gesetzes seine ganze Kraft zeigt«, wollte er zum Abschluss seiner Ansprache nur noch hinzufügen.

Das schien aber noch nicht die gewünschte Wirkung zu erzielen. Erst eine noch rasch erdachte Botschaft führte zu Begeisterungsrufen in der Menge:

»Notfalls werde ich persönlich das Beil schwingen!« rief er, wobei er eine Hand von oben nach unten schnellen ließ.

In der Notbeleuchtung im Regierungscontainer hatte er es auch in mehreren Versuchen nicht geschafft, sein Haarteil, wie er es sonst zu tun pflegte, richtig festzukleben. Es genügte damit der starke Windstoß, der ihn traf, als die Begeisterungsrufe ihren Höhepunkt erreichten, damit er so vor der Menge stand, wie ihn bisher nur Junior kannte.

Die Begeisterungsrufe wurden von dem Klicken der Auslöser der Kameras abgelöst und das Foto, das ihn nun optisch stark verändert zeigte, verbreitete sich selbst mit der geringen im ganzen Land noch verfügbaren Energie rasant.

Das Foto erreichte auch den Taxifahrer, der sich an den durchnässten Mann mit Krokodil und großer Tüte erinnerte, den er an dem in Höhe der Bankinsel gelegenen Ufer als Fahrgast abgelehnt hatte. Sah dieser Mann der Person auf dem Foto nicht zum Verwechseln ähnlich?

Der Taxifahrer legte sich zunächst ins Bett, konnte aber nicht schlafen und fuhr schließlich noch in der Nacht zum nächsten Gericht und gab bei dem Bereitschaftsdienst zu Protokoll:

»Am Ufer vor der Bankinsel wartete ein nasser Mann mit einer sehr großen Tüte und einem Krokodil auf ein Taxi, der genauso aussah, wie der Mann auf diesem Foto.«

Diese Aussage passte zu den Angaben des ehemaligen Bankpräsidenten, der behauptet hatte, eine unbekannte Person sei in die Gebäude eingedrungen und habe die Buchungen manipuliert.

Der Bankpräsident durfte daraufhin, noch bevor die allgemeine Stromversorgung wiederhergestellt werden konnte, den Stuhl zunächst vorläufig und dann endgültig verlassen.

Der insgesamt als eher missglückt wahrgenommene Ablauf dieser Hinrichtung gab in der Folgezeit der Bewegung deutlichen Auftrieb, die seit geraumer Zeit die Anwendung des elektrischen Stuhls kritisierte. Gefordert wurde eine Reform der Strafvollstreckung mit einer klimaneutralen Hinrichtung. Die Kritiker der bisherigen Methode ließen sich dann auch dadurch nicht mehr besänftigen, dass die zur Hinrichtung benötigte Energie von zwei unabhängigen Instituten in mehreren aufwändigen Berechnungsmodellen dem Minderverbrauch gegenübergestellt wurde, der auf Grund des vorzeitigen Ablebens des Hingerichteten eingespart würde.

Zu guter Letzt hatte nur noch eine schon länger diskutierte Alternative Befürworter, bei welcher der Hinzurichtende auf dem Hügel hinter dem Gefängnis bei einem zu erwartenden Gewitter mit einem überlangen Kupferrohr Aufstellung nehmen würde, um sein Ableben klimaneutral durch den nächsten Blitz bewirken zu lassen. Die praktische Umsetzung scheiterte nur daran, dass die für die Anordnung zuständigen Gerichte die Anwendung der modernen Methode von einer Zertifizierung auf der Grundlage ausgiebiger Testreihen abhängig machten, für die sich Freiwillige auch unter Aufbietung sämtlicher Anreize und Förderungsmöglichkeiten nicht finden ließen.

MEIN GRILLHÄHNCHEN!

Er lehnte die von dem noch nicht sehr lange aus Amt und Haft entlassenen Bankpräsidenten geforderte Unterredung zunächst ab, entschied sich aber noch anders und ließ einen Besuchertermin in den Kalender aufnehmen. Ihm war selbst nicht ganz klar, warum er diesem Impuls gefolgt war. Vermutlich war es Neugier. Er könnte sich das Ergebnis der Bestrafung unter diesen besonderen Bedingungen einmal angucken, dachte er.

Schon kurz nach der Terminvergabe bedauerte er diese Entscheidung. Den pünktlich eingetroffenen Besucher ließ er deshalb erst einmal mehrere Stunden in der inzwischen sengenden Sonne vor der äußeren Absperrung des Regierungscontainers warten. Er hoffte, dass sich das Problem dadurch von allein lösen würde. In gewissen Abständen ging er von der Seite zum Fenster und guckte, ob der mit der hoch vor dem Besucher stehenden Sonne kürzer gewordene Schatten noch zu sehen war.

Weil er damit rechnen musste, von seinem Besucher auf dem Weg zum Mittagessen abgefangen zu werden, entschied er sich, den ehemaligen Bankpräsidenten doch lieber kurz in seinem Container zu empfangen.

Als der Besucher durch die Tür trat, wurde im sofort klar, dass seine Sorge völlig unbegründet war. Der ehemalige

Bankpräsident hatte sich in ein zuckendes Bündel verwandelt und schaffte es kaum, sich auf den ihm angebotenen und nur für unliebsame Gäste vorgehaltenen Holzstuhl zu setzen.

Er begrüßte den Besucher deshalb scherzend:

»Mein Grillhähnchen kommt mich besuchen.«

Sein Besucher war aber nicht willens oder in der Lage, den heiteren Ton der Unterhaltung aufzunehmen und starrte ihn nur an.

Ihm wurde relativ schnell klar, dass der Besucher eine Entschädigung verlangen wollte, aber nicht einmal in der Lage war, diese Forderung in Worte zu fassen oder eine Drohung auszusprechen.

Als sein Hunger sich deutlicher bemerkbar machte, bot er seinem ehemaligen Bankpräsidenten die Anstellung als Hilfsgärtner für den hinter dem eingezäunten temporären Regierungsdorf liegenden Park an, was der Besucher nur mit einem zuckenden Kopfschütteln quittierte.

Damit war für ihn das Gespräch beendet. Er ließ den Besucher ohne Verabschiedung auf dem Stuhl sitzen, verließ den Container und suchte sein Lieblingsrestaurant auf.

Vor dem Verlassen des Containers durchsuchte der Besucher, den die Wut inzwischen befähigt hatte, vom Stuhl aufzustehen, den Raum nach Wertgegenständen und fand noch die nicht verschlossene Schublade mit den jeweils mit einem Pfeil markierten Umschlägen.

DEIN GRILLHÄHNCHEN!

Ausgerüstet mit diesem bescheidenen Startkapital zog der ehemalige Bankpräsident in die von ihm während der Amtszeit nur für Freizeitaktivitäten genutzte Hütte, die noch auf seine inzwischen verstorbenen Eltern eingetragen war. Diese an einem größeren See in der Nähe der Hauptstadt gelegene kleine Hütte war das Einzige, was ihm aus dem früheren Leben noch geblieben war.

Besessen von Gedanken an die Notwendigkeit einer dezentralen Stromversorgung baute der zum Einsiedler gewordene ehemalige Bankpräsident in der ersten Zeit der physischen und psychischen Erholung über einige Wochen, mit Unterbrechungen nur für kleine Mahlzeiten und kurze Stunden eines leichten und unruhigen Schlafes, hunderte kleine Turbinen aus Holzstücken. Er ließ sie in den hinter der Hütte in den tieferliegenden See strömenden Bach sinken. Vom Wasser dauerhaft angetrieben, versorgten sie die Hütte zuverlässig rund um die Uhr mit Strom. Der Einsiedler sah sich in der Lage, sogar mehr Energie zu erzeugen als eine Gruppe von Gorilla angetriebener Wachleute. Dabei entstand das erste Mal nach der Haftentlassung ein Gefühl der Freude.

Nachfolgend wurden auch die der Sonne zugewandte Seite der Hütte und eine Veranda in wenigen Tagen in

Eigenarbeit vollständig mit Solarpanelen, die noch auf dem Grundstück lagerten, abgedeckt. Die dann folgenden Wochen waren mit dem Bau von Holzwindmühlen in Miniatur ausgefüllt, wie der ehemalige Bankpräsident sie bei den Reisen in das Territorium einer Bösen Insel gesehen hatte. Die kleinen Windmühlen füllten schließlich die Fläche auf dem hinter der Hütte liegenden kleinen Hügel vollständig aus.

Die in dieser Vervollständigung sogar nach Auffassung des Einsiedlers ausreichende Energieversorgung führte zu einer deutlichen psychischen Stabilisierung, die genügte, um die Hütte am Vormittag zum Fischen oder Sammeln von Pflanzen und Beeren regelmäßig zu verlassen. Das nächstgelegene Dorf musste der Einsiedler nur aufsuchen, um wenige Lebensmittel zu kaufen oder Pakete abzuholen.

Als die Tage bei weiter gesteigerter Energie zu eintönig wurden, rüstete der Einsiedler sich mit dem noch verbliebenen Rest des ihm bereitgestellten Startkapitals mit Computertechnik aus, die niemand in dieser unscheinbaren Hütte erwartet hätte und die vermutlich die dezentrale Energieversorgung wieder an ihre Grenzen bringen konnte.

Nach nochmals einigen Monaten konnte er auch das Paket mit seinen Sachen aus der Haft in Empfang nehmen, das er dort zurückgelassen hatte. Der Inhalt bestand im Wesentlichen nur aus dem Anzug, den er bei Haftantritt hatte abgeben müssen, und der Bibel, die man ihm bei seinem Haftantritt nicht abgenommen hatte, aber eigentlich hätte abnehmen müssen. Nur der Einband und das Buch Genesis hätten einer eingehenden Prüfung Stand gehalten, wobei die unversehrt aussehende Bindung des Buches diesen Umstand gut kaschierte. In dem Rest des Textes waren Zahlenfolgen nach einem für Dritte nicht zu entschlüsselnden System im Text verborgen. Wenn niemand Verdacht geschöpft hatte, würden diese Zahlen den Zugang zu sämtlichen Zahlungsvorgängen der Bankensysteme auch über die Landesgrenzen hinaus ermöglichen.

Nicht wirklich typisch für einen Einsiedler war die nun den überwiegenden Teil von Tagen und Nächten in Anspruch nehmende Suche nach auffälligen Zahlungsvorgängen in dem für Laien in seinen Tiefen unzugänglichen Meer von Zahlen und Daten des Bankensystems. Es genügten einige Stichproben, um zu erkennen, dass die Zugangsdaten nicht verändert worden waren.

Für jemanden, der wusste, wo er suchen musste, war es damit überhaupt kein Problem, bestimmte Verbindungen herzustellen, die Rückschlüsse auf die zugrunde liegenden menschlichen Handlungen zuließen.

So genügte die Nachverfolgung einer Kreditkarte, um festzustellen, dass ein bestimmter Bürgermeister jeden zweiten Monat der letzten Jahre mit einem Tankstopp am Flughafen und einem Erste-Klasse-Ticket für einen Hin- und Rückflug einen Tag in der Hauptstadt gewesen war. Für den Tag nach der Rückkehr fanden sich jeweils Bareinzahlungen und Buchungen für außergewöhnlich teure Anschaffungen, insbesondere für zwei Autos und Schmuck. Ausweislich der von »Brillantpfötchen« vorgenommenen Buchung musste darunter unvorstellbar teurer Schmuck für einen Hund oder eine Katze sein.

Die erste längere Abwesenheit des Einsiedlers von seiner Hütte hatte deshalb das Ziel einer eingehenderen Recherche zu dieser Frage, die allerdings auch nach längerer Beobachtung des auf einem Kissen im Garten des Hauses des Bürgermeisters sitzenden Vierbeiners mit frisch geföhnter Langhaarfrisur nur mit einer Tendenz zum Hund zu beantworten war. Nach dem Funkeln des Halsbandes zu urteilen, war es aber eindeutig das richtige Zielobjekt. Die Vorsicht bei dem Betreten des Gartens war völlig unnötig, da das Tier auf die zur Gewohnheit gewordenen Streichel-einheiten nur mit stoischer Gelassenheit reagierte. Auch der Verlust des Diamanthalsbandes wurde vornehm ignoriert.

Angespornt durch diesen Erfolg ging der inzwischen sogar freigesprochene ehemalige Bankpräsident nach Rückkehr in seine Hütte systematischer vor.

Er arbeitete in der Folgezeit sämtliche Buchung von Parlamentsabgeordneten und Regierungsmitgliedern in alphabetischer Reihenfolge ab. Dabei stellte sich spätestens beim Buchstaben »B« heraus, dass ungefähr bei jedem vierten Abgeordneten an den Tagen nach wichtigen Abstimmungen Bareinzahlungen und besonders auffällige Anschaffungen von Familienangehörigen getätigt worden waren, die teilweise ein Mehrfaches der Bezüge betrugen. Dabei war zunächst unklar, was man mit diesen Informationen würde anfangen können, da nicht davon auszugehen war, dass überall Diamanthalsbänder im Garten präsentiert würden. Um für etwas Abwechslung zu der stundenlangen Computerarbeit zu sorgen, verschaffte sich der inzwischen deutlich erholte Einsiedler über die Daten der Mobiltelefone auch die Zugangsinformationen für die modern ausgestatteten Häuser und Wohnungen. Um nicht den Überblick zu verlieren, stattete der Einsiedler auch seine Besuche der Reihenfolge nach ab.

Mit dem Bankpasswort oder den Daten des Mobiltelefons ließen sich in fast allen Fällen zumindest Haustür und Garage öffnen, mit der Folge, dass über mehrere Monate eine ganze Flotte von Luxuskarossen über die Landesgrenze gebracht wurde. Deren Verlust wurde indes in immer weniger Fällen aktenkundig, weil einzelne Abgeordnete im vertraulichen Kreis Vermutungen äußerten, die Geschenke würden wieder eingesammelt. Hinter vorgehaltener Hand waren sich schließlich alle einig:

»Nur er weiß davon«, hätte man in allen Ecken des Parlamentsgebäudes hören können.

Alle beruhigten sich erst wieder, als die Beschenkten ab dem Buchstaben »H« vorerst ungeschoren davonkamen.

Die vermeintliche Verschonung beruhte darauf, dass sich der Einsiedler an einem schwierigeren Projekt versuchen wollte. Bei Ezechiel 7, 3 fanden sich die für seinen obersten Peiniger gesammelten Passwörter. Die meisten Vorgänge waren aber nicht nur durch nacheinander einzugebende Passwörter, sondern über ein verschachteltes System, das ins Ausland, von dort zurück und wieder ins Ausland führte, geschützt. Die transferierten Summen ließen sich teilweise nachvollziehen. Sämtliche Versuche des Einsiedlers, selbst Buchungen vorzunehmen, scheiterten.

Es ergaben sich aber durch diese Recherche wertvolle Hinweise, um nach mehreren Monaten im Alphabet mit dem Buchstaben »H« fortzufahren. Die erhöhte Wachsamkeit der Betroffenen war inzwischen schon so weit wieder dem Alltag gewichen, dass der Buchstabe »Z« abgearbeitet war, als mehrere Beschenkte den Schenker damit konfrontierten, dass jemand in ihre Häuser eingedrungen sei. Eine Verbindung zwischen Diebesgut und Geschenken sei offensichtlich.

»Wir haben uns die Geschenke redlich verdient«, meinten einige Abgeordnete. Andere drohten, einen Untersuchungs-ausschuss zu fordern.

Seine abwehrende Reaktion und sein Leugnen zeigten schnell, dass nicht mit seinem Einlenken zu rechnen war.

Schmuck, Edelsteine und Gold, teilweise aus dem Erlös für die Luxuskarossen. Die Hütte des Einsiedlers war indes zu klein, um alles lagern zu können. Als sichere Aufbewahrungsstätte kam nur die große ungenutzte Bootsgarage auf der Bankinsel in Betracht, die man bekanntlich unbemerkt vom Wasser aus ansteuern konnte.

Nachdem sich der Einsiedler bei der Anfertigung der Turbinen und Windmühlen einige Fertigkeiten in der Holzbearbeitung angeeignet hatte, fiel es ihm nicht schwer, sich ein Kanu mit Paddeln zu bauen, das seetüchtig genug war, um damit vom See durch einen kleinen Fluss in das offene Gewässer vor der Küste und von dort aus zur Bankinsel zu gelangen.

Das tägliche Sportprogramm des Einsiedlers bestand nun in dem Verladen kleiner Bündel von der Hütte in das Kanu und der nächtlichen Überfahrt zur Bankinsel. Der leere Giebel der Bootsgarage eignete sich perfekt, um die Bündel dort hinter alten Tauen sicher zu lagern. Der tägliche Weg zurück zur Hütte war immer vor dem Morgengrauen geschafft. Erst bei der letzten Rückfahrt tauchte plötzlich ein Küstenschutzboot aus der Dunkelheit auf.

»Was machen Sie hier mitten in der Nacht?« wurde der Einsiedler aus der Höhe des blendenden Leuchtkegels gefragt.

»Nichts, ich fahre nach dem Fischen zu meiner Hütte zurück«, entgegnete der Einsiedler und hielt den Beamten das leere Netz entgegen, das in der Bootsgarage zum Heraufziehen der Säcke auf den Giebel gedient hatte.

Im Licht der Scheinwerfer erschien das wie selbstgebaut aussehende Kanu dermaßen harmlos, dass es mit einem Bedauern, weil nichts ins Netz gegangen war, sein Bewenden hatte.

AVE!

Er wollte sich nach seiner letzten nur noch äußerst knapp gewonnenen Wahl noch einmal um die Wählergunst bemühen. Wie in solchen Fällen üblich, war die Methode der Wahl eine geänderte Ausrichtung der Außenpolitik, um das Volk hinter sich zu einen.

Besonders geeignet erschien ihm dafür Italien. In den Ursprüngen aus einem auf starke Expansion setzenden Imperium hervorgegangen, sah er Ähnlichkeiten dieses Imperiums zu seinem Land, wie es gewesen war, bevor die Steuergelder verschwunden waren.

Vor seinem inneren Auge sah er sich auch besonders gern in Toga vor die ihm zujubelnde Menge treten. Er hatte in einer seiner frühen Amtszeiten zur Erinnerung an die historischen Wurzeln seiner Politik besondere Feste ausgerichtet, welche die eingeladenen Gäste allerdings nicht alle richtig würdigen konnten und regelmäßig selbst als Affe, Fee, Außerirdischer oder in ähnlicher Aufmachung erschienen.

Zur Einleitung seiner neuen Politik erließ er ein Dekret, auf Grund dessen das Land, das ja quasi in den großen Fußstapfen des großen Römischen Reiches und fast auf Augenhöhe mit dem von ihm selbst regierten Land stand, von einer Bösen Insel zum Land der kleinen Freunde hochgestuft wurde. Da er auf einen schnellen Erfolg gesetzt hatte, war er äußerst verärgert, dass die erwartete freundschaftliche Gegenreaktion lange ausblieb.

Er ließ sodann ausgewählte Schüler seines Landes, sämtlich Kinder mit ihm eng verbundener Politiker, mit erheblichen finanziellen Mitteln ausgestattet ausgedehnte Reisen zu den Stätten der Antike unternehmen, was sich wie eine leicht kaschierte finanzielle Unterstützung auswirken sollte. Statt der erwarteten Dankesnoten stapelten sich nachfolgend in seinen Botschaften aber nur Briefe mit Ersatzforderungen für die von seinen Landeskindern, die meinten, für die Kultur mehr als ausreichend bezahlt zu haben, verursachten Schäden.

Offenkundig war also ein Staatsbesuch für eine weitere politische Annäherung nicht zu vermeiden. Er überließ diesen Leuten aus anderen Ländern ungern die große Bühne, lenkte aber, bevor die nächste Regierungsumbildung drohte, noch kurzfristig ein.

Um das Gelingen des Staatsbesuchs abzusichern, behielt er sich selbst vor, das Kulturprogramm zu gestalten. Schließlich sollte sich nicht wieder einer dieser peinlichen Zwischenfälle ereignen. Schwerwiegende Pannen traten vor dem Abzug der Botschafter der meisten Länder aus dem von ihm regierten Land mit einer solchen Regelmäßigkeit auf, dass er überzeugt war, nur von unfähigen Mitarbeitern umgeben zu sein, die seine Vorgaben nicht richtig umsetzen konnten.

Zu Beginn des Staatsbesuchs durchliefen die inzwischen angereisten Gäste offenkundig von ihrem Naturell her eine gewisse Aufwärmphase. Anders war die eher verhalten freudige Begrüßung durch die Delegation der Gäste seiner Auffassung nach nicht zu erklären. Er selbst hatte schon eine ganze Weile freundlich lächelnd auf dem roten Teppich gestanden, als die Gäste dort eintrafen und so taten, als ob sie erschöpft seien. Dabei waren die Gäste nur etwas mehr als einen Kilometer von ihrem im großen Schatten seiner Regierungsmaschine kaum sichtbaren Flugzeug bis zum Teppich gelaufen und hatten sogar mehrere Ruhepausen auf dem Weg einlegen können, um die Flugzeuge passieren zu lassen, für die zwischenzeitlich der Start freigegeben worden war.

Nach der Begrüßung ließ er es sich nicht nehmen, selbst historische Bauwerke in der Hauptstadt und ihrer näheren Umgebung zu präsentieren. Das Internet verwies zwar für die Mehrzahl von ihnen auf eher griechische Vorbilder. Aus der Delegation der Gäste kamen auch Andeutungen, dass es sich vermutlich eher um zu seinen Lebzeiten errichtete Bauwerke handeln könnte. Er beschied diese kleinlichen Hinweise seiner kleinen Freunde sämtlich damit, dass es offenkundig immer auf die Bedeutung und vor allem die Größe ankomme.

Um den Abend in einer lockeren und entspannten Atmosphäre ausklingen zu lassen, der aber an den besonderen kulturellen Anspruch des Empfangs anknüpfen sollte, hatte er das Theater der Hauptstadt für einen Kinoabend im kleinen Kreis herrichten lassen. Präsentiert wurde ein Film, von dem er zumindest kurze Ausschnitte schon selbst gesehen hatte. Besonders passend erschien ihm der deutliche christliche Bezug. Er erinnerte sich vage, dass in der Schlussszene Personen in luftiger Höhe am Kreuz zu sehen waren, sodass er den Gästen seine umfassende Bildung auch in Dingen der religiösen Tradition würde vor Augen führen können. Für Gäste aus einer nicht mit den zumindest früheren Ressourcen seines eigenen Landes ausgestatteten Heimat erschien es ihm auch passend, dass in dem Film der mit einfachsten Mitteln mögliche Beitrag zur Bildung des einfachen Mannes dargestellt wurde. Sogar ein einfacher Soldat sah sich dort verpflichtet, die Initiative zu ergreifen, einem Mann aus dem Volk korrekte Grammatik beizubringen. Das beeindruckte ihn umso mehr, weil er selbst die Grammatik seiner eigenen Sprache auch nach einer akademischen Ausbildung nie wirklich verstanden hatte. Er hatte sich das aufgeschrieben:

»Romani ite domum«, musste es nach dem Film richtig heißen. Er wollte sich das noch übersetzen lassen, hatte es dann aber wieder vergessen.

Der Film lief noch, als er nach circa einer halben Stunde, aus seinem nicht sehr erholsamen Schlaf in dem großen Theater allein wieder aufwachte. Er brauchte einen Moment, um zu realisieren, dass die Teilnehmer der Delegation gegangen waren, ohne es für nötig zu erachten, sich von ihm zu verabschieden. Er empfand dieses Verhalten als sehr respektlos, wenn nicht gar beleidigend. Dieses Gefühl steigerte sich bei ihm noch, als zur geplanten Fortsetzung des Programms am nächsten Morgen nur seine Mitarbeiter erschienen.

Wenige Tage nach dem damit vorzeitig beendeten Staatsbesuch erschien ein Botschafter bei ihm, der in höflichster Form mitteilte:

»Den Erhalt der Mitteilung über die Beförderung des mich entsendenden Landes zum Land der kleinen Freunde kann ich leider nicht bestätigen.«

»Wir bedauern es zutiefst«, fügte der Diplomat noch mit einer leicht angedeuteten Verbeugung hinzu.

Den folgenden sehr langen und feierlichen Ausführungen war in Zusammenfassung zu entnehmen, dass das von ihm repräsentierte Land sich mit dem Status der Bösen Insel gut repräsentiert sehe und um Prüfung nachsuche, ob ggf. auch der Status einer Ganz bösen Insel vorgehalten werde. Auch für den geplanten Gegenbesuch habe man bereits die erforderlichen Vorkehrungen getroffen:

»Unsere geschätzten Gäste Ihres Landes dürfen sich nach der Ankunft zur Sicherung ihres Wohlergehens zunächst in eine nur einmonatige Quarantäne begeben, wobei der Ort der Unterbringung zur Gewährleistung der Sicherheit erst nach der Ankunft im Einzelnen mitgeteilt werden soll«, fügte der Diplomat höflich lächelnd hinzu.

DAS LASSE ICH NICHT ZU!

Auch die außenpolitischen Erfolge konnten seinen Niedergang nicht mehr aufhalten.

Die wirklich schlechte Zeit begann für ihn, als niemand mehr Geschenke von ihm forderte. Irgendwann wollte niemand mehr das Risiko eingehen, später ungebeten Besuch in den eigenen vier Wänden zu bekommen.

Die erheblichen wirtschaftlichen Verluste hatten bei der Gruppe der Abgeordneten von »A« bis »G« schon zu Scheidungsanträgen der sich nicht mehr ausreichend unterstützt sehenden Ehepartner geführt. Die Auswirkungen dieser drohenden privaten Veränderungen überstiegen häufig die vorher mehr oder weniger redlich erarbeiteten Vorteile um ein Vielfaches. Für einen Übergangszeitraum erfreute sich sogar eine besonders zur Schau gestellte äußerst asketische Lebensweise bei einigen Abgeordneten besonderer Beliebtheit.

Ohne eine zuverlässige Unterstützung durch die fast geläuterten Asketen konnte er seine Projekte in der in den Grundlagen noch teilweise funktionierenden Demokratie nicht mehr durchsetzen, da ihm meistens die erforderlichen Mehrheiten fehlten.

In dem von ihm regierten Volk begann der gewaltlose Protest ganz klein mit zwei Schülern. Einer nicht gerade begeistert vom Lernen, der andere genau das Gegenteil. Gemeinsam hatten sie nur, dass sie ihr Lachen nicht unterdrücken konnten. Es ging einfach nicht. Wenn, wie vor jeder Unterrichtstunde, sein Foto auf die Wand projiziert wurde: Lachen. Wenn seine letzte STOTTER-Botschaft verlesen wurde: Lachen. Wenn die Lehrerin seine neueste Großtat beschrieb: Lachen. Wenn die Schüler in der Pause in einem großen Kreis um sein Denkmal marschieren mussten und das Bein dabei nach hinten von einigen so angewinkelt wurde, dass man an die üblichen Verrichtungen bestimmter Vierbeiner erinnert wurde: Lachen.

Auch die regelmäßigen Ermahnungen wirkten auf beide nicht mehr. Das Verhalten hatte gravierende Konsequenzen, vor allem in Form einer beide verbindenden dauernden Freundschaft. Im Übrigen blieben ihnen als Erinnerung ein fehlender Schulabschluss und eine fehlende Ausbildung.

Da man vom Lachen auch in dem von ihm regierten Land nicht leben konnte, blieb für den einen nur der Sport, recht erfolgreich, für den anderen die Kunst, weniger erfolgreich. Bei beiden wirkte sich das Schicksal nicht nachhaltig auf die Fröhlichkeit aus.

Als Zeichen ihrer Verbundenheit trugen sie irgendwann blau. Ein klares auffälliges Blau. Es fiel zunächst aber kaum auf. Mit dem sportlichen Erfolg des einen tauchte die Farbe in einigen Medien häufiger auf. Einen Kommentar dazu gab es nicht. Aber es war immer dieselbe Farbe, dieses Blau.

Dann machten es andere nach. Erst Einzelne, dann einige wenige, dann viele und dann konnte man es gar nicht mehr übersehen. Wer die zur Volkskrankheit gewordene schlechte Laune satthatte, zeigte sich in diesem Blau.

Es dauerte eine Weile, bis er erstmals an eine vielleicht sogar ernst zu nehmende Oppositionsbewegung dachte. Zunächst ließ er deshalb die Einfuhr von Waren in diesem Blau mit einem Zoll belegen, der die Hersteller freiwillig auf die Herstellung verzichteten ließ. Zur Absicherung dieses Erfolges erließ er noch ein Verbot, auffällige Kleidung, Stoff oder sonstige Körperbedeckungen zu verkaufen, die nicht mit einem amtlichen Produktsiegel versehen waren. Für dessen Vergabe richtete er eigens eine ihm unterstehende Behörde ein.

Nach einiger Zeit erschien im Stadtbild überall so etwas wie ein Schal oder Umhang in diesem oder einem ähnlichen Blau, das vermutlich aus den vor vielen Geschäften aufgetürmten Paketen mit Wäschefarbe stammte.

Durch die erkennbar gewordene Größe der Bewegung wurden Einzelne mutiger. Ein kleines Unternehmen warb für ein Shampoo gegen Haarausfall mit einer durchkreuzten Mülltüte mit Luftlöchern, aus der unten etwas herausguckte, das wie seine Beine aussah. Als er die Werbeplakate entfernen ließ, tauchten überall im Land Bilder mit großen durchkreuzten Mülltüten auf, die genauso schnell, wie sie entfernt wurden, wieder da waren. Regelmäßig befand sich auch am Fahnenmast vor dem Regierungscontainer eine Mülltüte, wenn seit der nun von ihm selbst regelmäßig durchgeführten Kontrolle des Fahnenmastes mehr als eine Stunde vergangen war.

AUTSCH!

Er gab sich dann notgedrungen besondere Mühe, die wenigen ihm noch verbliebenen Mitarbeiter bei Laune zu halten und honorierte deren Anwesenheit zumindest bei den von den Medien begleiteten Regierungsgeschäften mit einer besonders großzügigen Freistellung für Freizeitaktivitäten.

Positiv war es für seine Mitarbeiter auch, dass sich die ursprünglich sehr beengte Raumsituation im temporären Regierungsdorf sichtlich entspannt hatte. Nachdem einzelne Container entfernt worden waren, bestand das Regierungsdorf nur noch aus seinem großen Container und vier mit dem gebührenden Abstand darum herum gruppierten kleinen Containern.

Eigentlich fand die Regierungsarbeit aber schon seit geraumer Zeit nicht mehr im Regierungsdorf, sondern im Restaurant eines Gaststättenbetreibers statt, der gern die Aufgabe übernahm, nach den Zusammenkünften über einen nicht einsehbaren Hof für die Gäste gehend, schwankend, wankend oder liegend eine sichere Ankunft zu Hause zu gewährleisten. Im Gegenzug durften üppige Rechnungen direkt vom Regierungskonto eingezogen werden. Soweit die Steuerpflicht für diese Versorgungsleistungen großzügig gehandhabt wurde, wurden noch größere Defizite im Staatshaushalt in weiser Voraussicht dadurch sogar mehr als kompensiert, dass die wieder zahlreicher gewordenen Regierungskritiker mit Steuervorauszahlungen überzogen wurden, die ein Mehrfaches ihrer tatsächlichen Einnahmen betrugen.

Nach den anstrengenden Regierungsgeschäften mit den beschwerlichen Sitzungen in dem Restaurant, nach denen das erhebliche Gewicht der Verantwortung nicht nur auf den Schultern lastete, musste sein engster Mitarbeiter sich wieder an einem sehr verlängerten Wochenende bei einem Ausflug ans Meer erholen.

Die Erholung drohte, wie oft, dadurch vereitelt zu werden, dass er schon kurz nach der Abreise des Mitarbeiters einen seiner Geistesblitze hatte, der in einem Konzept sofort umgesetzt werden sollte. Der Ausflug konnte nur wegen der nach Auffassung seines Mitarbeiters leider eindeutig nicht mehr ausreichenden Qualität der Telefonverbindung noch fortgesetzt werden.

Die Vorfreude auf die Erholung wurde danach noch dadurch etwas beeinträchtigt, dass auf dem Weg von der Hauptstadt zur Küste mehrere große Bezirke mit einem Wählerpunktestatus von Null durchquert werden mussten, die man in den offiziellen Medien schon seit Jahren nicht mehr zu sehen bekam. Mit zunehmender Entfernung von der Hauptstadt wurde nicht nur der Telefonempfang tatsächlich sehr schlecht und der Radioempfang schlechter und schlechter. Irgendwann konnte man kaum auseinanderhalten, ob man an Hütten mit Müllbergen oder Müllbergen mit Hütten vorbeifuhr.

Einige Kilometer vor der Küste erreichte man den Bereich des von ihm persönlich überarbeiteten Sicherheitskonzepts. An ein Gebiet mit weiten Wiesenflächen schloss sich zunächst ein dicht bewaldetes Gebiet an. Die Straße war ab diesem Bereich im Abstand von wenigen Metern auf beiden Seiten auf Höhe des Fahrers mit wie Glubschaugen aussehenden Kameras ausgerüstet, die sich beim Passieren ausrichteten, aufleuchteten und in einer piepsigen Stimme ein lautes »Hallo« abgaben. Nachdem man einige Zeit begleitet von den Kameras durch Wald gefahren war, bauten sich rechts und links der Straße hohe Erdwälle auf, welche die Höhe von kleinen Bergen erreichten, aber offenkundig menschengemacht waren. Es folgte ein breiter Fluss, dessen Ufer wie mit einem Lineal gezogen rechts und links der Straße bis zum Horizont reichten. Danach sah man ausgedehnte und sorgsam gemähte Rasenflächen, auf denen in geordneter Reihenfolge Hubschrauberlandeplätze mit in den Rasen gemähten Nummern gekennzeichnet waren und eine Landebahn. Nach längerer Fahrt erreichte man ein bewachtes und abgezäuntes Areal, in das man nur unter Angabe eines besonderen Passwortes eingelassen wurde, das von ihm vergeben und täglich geändert wurde.

Einige der Bewohner der außerhalb des abgezäunten Areals liegenden Gebiete durften die Schranken für Arbeitsleistungen passieren und fanden sich in den frühen Morgenstunden auf dem Bauch liegend auf den Wiesen, um mit Scheren für die exakt vorgegebene Höhe des Rasens zu sorgen. Vorbedingung für eine Aufnahme in diesen Kreis der zugangsberechtigten Mitarbeiter war im Wesentlichen ein schlechtes Abschneiden bei diversen Tests, in denen Intelligenz, politisches Wissen, Geografie und Computerkenntnisse ermittelt wurden.

Es war noch zu kühl, um im Meer schwimmen zu gehen und die regelmäßige Mitarbeit an den im Restaurant stattfindenden Regierungsgeschäften führte dazu, dass sein Mitarbeiter den für das Schnorcheln erforderlichen Anzug nur mit Mühe über Beine und Bauch ziehen konnte. Vollständig mit dem Anzug bekleidet, war kaum noch eine Bewegung möglich, aber für die Stunde im Meer musste es gehen.

Alle anderen hatten sich offensichtlich von dem kühlen Wetter abschrecken lassen. Die Küste in dem Gebiet des Sicherheitskonzepts war aber inzwischen grundsätzlich deutlich weniger besucht als wenige Jahre zuvor, da insbesondere die früher zum Schutz der Wassersportler eingesetzten Studenten an den Aufnahmekriterien für den Mitarbeiterstab regelmäßig scheiterten. So leer wie jetzt war es normalerweise aber nie, was seinen Mitarbeiter einen Moment nachdenklich machte, aber schließlich eher gut gelaunt zu der Erkenntnis brachte, dass dann die Fische nicht verscheucht würden und man diese beobachten könne.

Das Wasser war dann in der Tat glasklar und man konnte sogar bis auf den Grund schauen. Das machte Lust, hinauszuschwimmen und den weiter entfernt liegenden Meeresbereich hinter dem stark abfallenden Ufer zu erkunden. Nach weniger als zehn Minuten sah sein

Mitarbeiter unter sich nur noch eine dunkle Tiefe. »Ob das nicht schon zu weit ist?« hätte man bei sehr genauem Hinhören vielleicht dem Murmeln in den Schnorchel entnehmen können.

»Was ist das?« hätte man, wenn man nahe genug bei ihm gewesen wäre, von dem Mitarbeiter, inzwischen ohne Schnorchel, noch hören können.

Es war ein Hai von der großen Sorte, der schon den ganzen Tag auf sein Frühstück hatte warten müssen.

Ups!

Am folgenden Tag hatte sein zweitengster Mitarbeiter dann den Container mit zwei Schreibtischen für sich allein. Man ging bei dem vermissten Mitarbeiter lieber von einem Unfall in einem der Bezirke zwischen Hauptstadt und Küste aus. Keine Behörde hielt sich für zuständig, den Fall näher aufzuklären. Die deutlich abnehmende Besiedlung dieser im offiziellen Kartenmaterial inzwischen unter »Allgemeines Müllsammelgebiet« geführten Bezirke wurde nicht ungern gesehen.

Am Nachmittag gab es in dem für die Regierungsarbeit genutzten Restaurant eine kurze Trauerarbeit mit Kuchen, bevor man wieder zur Tagesordnung mit der üblichen Speisekarte überging.

Seinem nun engsten Mitarbeiter stand neben einem größeren Büro mit der Beförderung auch ein größeres Freizeitpensum zu. Mit seinen im Vergleich zu seinem Vorgänger etwas anderen Vorlieben wollte der hochrangige Mitarbeiter die Zeit eher für seine sportlichen Ambitionen nutzen, insbesondere bei dem am folgenden Wochenende unter seiner Schirmherrschaft stehenden »Lotosblüten-Triathlon«. Dabei störte es, dass man beim Triathlon, wenn man vom regulären Start losschwimmt, regelmäßig später den anderen hinterherlaufen muss. Es war ein Zeichen überlegener Intelligenz, die man im sportlichen Wettkampf immer im Blick behalten muss, den Weg vom Start zum Ziel von einer kleinen Bucht aus erheblich abzukürzen. In den wirtschaftlichen schwierigen Zeiten fand sich immer jemand, der mit dem Doppel einer Startnummer in den Wettbewerb ging.

Die Anreise zum Wettbewerb gestaltete sich angenehm. Insbesondere kam es ausnahmsweise nicht zu der nach dem Verlassen des Regierungsdorfes üblichen Hirnaktivität des Vorgesetzten, die den Ausflug hätte verzögern können.

Als die große Gruppe der Schwimmer schon in Sichtweite war, musste es schnell gehen. Unter Wasser verlor man aber leicht die Orientierung, im Fall seines Mitarbeiters mit der Konsequenz, dass dieser sich sehr zügig nicht zur Gruppe der Schwimmer, sondern in Richtung des offenen Meeres bewegte.

Fischer fanden am nächsten Morgen weit vor der Küste den noch erkennbaren größeren Fetzen einer Startnummer des Triathlons mit Bissspuren, was sich niemand erklären konnte. Die Sorge, dass es einen Verletzten gegeben haben könnte, wurde schließlich zur allgemeinen Erleichterung ausgeräumt, als sich nach einem Foto der zu der Startnummer gehörende Sportler ermitteln ließ, der nach eigenen Angaben gesund und munter war.

Oh *!

Auch der zweite Schreibtisch im Container war nun eine Weile leer.

Um Ersatz für seinen vorausgehend engsten Mitarbeiter zu finden, musste er dann gewisse Kompromisse machen und rekrutierte seine neue rechte Hand aus der Gruppe der in der Auswahl von Mitarbeitern für das Sondergebiet an der Küste knapp gescheiterten Bewerber.

Er fand diese Zusammenarbeit überaus angenehm und bedauerte, nicht schon früher auf die Idee gekommen zu sein, seine Mitarbeiter selbst auszusuchen. Er erlaubte seinem neuen Mitarbeiter nach wenigen Wochen sogar, für einen Wochenendtörn das alte Segelboot seiner Kinder zu nutzen.

Um für die nötige Ausstattung zu sorgen, gab es einen üppigen Vorschuss auf das Gehalt für die nächsten Monate.

Der neue Mitarbeiter setzte die Möglichkeit, sich erst einmal richtig auszustatten, zum Abschluss der Woche sofort in die Tat um. Am äußersten Rand eines der zum Allgemeinen Müllsammelgebiet erklärten Bezirke gab es noch so etwas wie eine Infrastruktur, die Einkäufe unterhalb des Luxusangebots der Hauptstadt möglich machte. Weitere Kunden gab es in dem Geschäft nicht und es musste jetzt schnell gehen, da noch die weite Strecke zur Küste zurückzulegen war.

Segelschuhe, Handschuhe, Sonnenbrille. Dann war alles sicher in mehreren großen Tüten verstaut und einem glücklichen Sommertag auf dem Wasser stand nichts mehr entgegen. Beim Verlassen des Geschäfts gesellten sich in einem Tagtraum schon leichte Wellen zu kühlem Bier.

Nach der von einem vermutlich ebenfalls etwas zu zerstreuten Bürger nicht beseitigten Hinterlassenschaft eines größeren Vierbeiners wurde die nun auf dem Luftweg fortgesetzte Reise seines noch engsten Mitarbeiters von einem Bus vorzeitig beendet.

Über die letzte Äußerung können nur Vermutungen angestellt werden.

Sie ist weg!

Er sah sie noch kurz auf den letzten Metern zur Tür. Dann schloss seine langjährige Sekretärin grußlos die Tür hinter sich. Er dachte sich nichts dabei.

Sie hatte für den Staatsbesuch seine Vorgaben für die neue Speisekarte in der fünften Fassung übersetzen sollen.

Es waren zunächst Delegationen zwischen den Ländern hin und her gereist, um eine Allianz gegen die inzwischen schon zu einer Übermacht gewordenen Bösen Inseln zu schmieden.

Vorausgegangen waren Jahre des Schweigens, weil man es jeweils als Schwäche ansah, aktiv Kontakt aufzunehmen. Die freundlichen und feindlichen Äußerungen wechselten inzwischen fast täglich, sodass die Medien es aufgaben, den aktuellen Stand der Außenbeziehungen zwischen beiden Ländern zu bewerten.

Er selbst hatte seit mehreren Jahren sein Staatsgebiet nicht mehr verlassen, weil er den Überblick verloren hatte, welchen jeweiligen Stand die im Ausland gegen ihn erhobenen Vorwürfe hatten. Es bedurfte monatelanger Vorbereitungen, um eine gesichtswahrende Route zu ermitteln, bei der ihm nicht in zu überquerenden Territorien der Überflug verweigert werden könnte, ganz zu schweigen von den Risiken einer Landung auf dem Territorium einer Bösen Insel.

Schließlich hatte sich das Gastgeberland noch geweigert, den obersten Koch für die Zeit seines Staatsbesuchs zu beurlauben. Nachdem sie das Telefon abgelegt hatte, teilte die Sekretärin vor dem Verlassen des Vorzimmers mit, sie meine, es sei die neue Speisefolge durchgegeben worden. Sie habe leider kaum ein Wort verstanden und zumindest keine Übereinstimmung mit der von ihm erstellten Vorgabenliste feststellen können.

»Irgendwann ist es genug!« fluchte er.

Eine solche Missachtung des Repräsentanten der führenden Nation der Erde konnte nicht sanktionslos bleiben. Er dachte über eine Liste von Sanktionen nach, um das Gastgeberland doch noch zum Einlenken zu bewegen.

MEIN LETZTES ULTIMATUM!

Im Vorzimmer seines Containers war niemand. Dann erinnerte er sich, dass am Morgen ein Karton auf dem Schreibtisch seiner Sekretärin gestanden hatte. Auch die große Palme war nicht mehr da.

Er wollte erst einmal nachdenken.

Im langen Flur zwischen dem Vorzimmer und dem Arbeitsbereich seines Containers hingen an der Wand Halb- oder Ganzportraits seiner Vorgänger. Er ging die Gemälde ab und überlegte sich, ob er sofort ein Bild von sich anfertigen lassen sollte.

Jeder der Vorgänger war erkennbar einer bestimmten Epoche zuzuordnen. Alle guckten streng. Er versuchte, sie in ihrer Mimik und Haltung zu imitieren und stellte, nun mit dem Rücken zu den Bildern gewandt, die jeweilige Haltung der Abgebildeten nach.

Nach einiger Zeit hängte er die Bilder seiner Vorgänger ab und beschloss, dass nur das Bild des Regierungsinhabers mit der längsten Amtszeit würdig sei, aufgehängt zu werden. Er sah sich als Sieger dieses Wettbewerbs, bei dem es auf den Menschen und nicht auf irgendwelche unbedeutenden Namenszusätze ankommen müsse.

Er verbreitete dann eine Vielzahl von Nachrichten über STOTTER, denen bei einer chronologischen Reihenfolge im

Wesentlichen zu entnehmen gewesen wäre, dass er sein Land in den höchsten Alarmzustand versetze und er dem Gastgeberland nur einen Tag Aufschub gebe, für ihn den seiner Bedeutung angemessen freundschaftlichen Empfang zu bestätigen.

Er beschäftigte sich mit Runden um den Container. Die Zeit verstrich aber nur äußerst langsam. Die Gastgeber rührten sich überhaupt nicht. Er versuchte mehrfach, mit ihnen Kontakt aufzunehmen, bis er schließlich die dortige Telefonzentrale erreichte:

»Ich verlängere das Ultimatum ein letztes Mal bis zum Ablauf des heutigen Tages. Ihr werdet es bereuen, mich zum Narren zu halten. Was meint ihr, mit wem ihr es zu tun habt!«

Die Verbindung war schon unterbrochen. Aber es folgten noch längere Beschimpfungen, die immer mit derselben Drohung endeten:

»Sonst knallt es!«

ICH WILL DEN CODE!

Er geht noch mehrere schnelle Runden um die Container und setzt sich dann an seinen Schreibtisch.

Seine Gedanken kreisen weiter um die Ausstattung der Rakete. Er erreicht nach einiger Zeit A.Y., der sich stur gibt.

»Es ist immer noch mein Projekt!« wiederholt A.Y. auf seine Fragen mehrfach.

Er überlegt, ob er auch ein Bild von A.Y. an die Wand heften soll.

Große Fotos der ihm verhasstesten Gegner hat er so an die Wand gehängt, dass er sie in bequemer Rückenlage von seinem Bürostuhl aus mit kleinen Pfeilen treffen kann. Die meisten Fotos sind bereits stark zerlöchert. Die kleinen Löcher an der umliegenden Wand sind so dicht beieinander, dass die Farbe fast vollständig abgelöst ist. Er hat sich selbst ein Punktesystem ausgedacht.

Treffer Haare (soweit vorhanden): ein Punkt.

Treffer rechtes Ohr: zwei Punkte.

Auch mit der langen Übung vollziehen die Pfeile meist eine leichte Linkskurve, was berücksichtigt werden muss.

Treffer linkes Ohr: drei Punkte.

Treffer Nase: vier Punkte.

Treffer Auge: fünf Punkte.

Stunden vergehen begleitet von dem regelmäßigen kleinen Knall beim Auftreffen der Pfeilspitzen auf die Containerwand.

Irgendwann wird ihm klar, dass die ihm gezeigte Anlage nicht die Schaltzentrale für den Ernstfall sein kann. Er konnte diese Anlage nur kurz besichtigen, als er seine frühere militärische Führung aus einem plötzlichen Antrieb heraus aufforderte, ihm unverzüglich den damals noch unter dem Regierungspalast liegenden unterirdischen Bunker zu zeigen. Er erinnert sich, dass die Farbe des präsentierten Telefons zwar Medienberichten entspricht. Aber eine große Wählscheibe? Er meint, neben der eilig auf den Hörer gelegten großen Hand des damaligen Stabschefs auch kurz ein großes Ohr, wie bei einer Comicfigur, gesehen zu haben.

Er ist sich sicher, dass der letzte der drei Stabschefs, die nacheinander den Dienst quittierten, inzwischen den Sicherheitscode für den Ernstfall an den amtierenden Stabschef, der zuvor Schrankenwärter an der letzten nicht computergestützten Schrankenanlage im äußersten Norden seines Landes war, übergeben hat.

»Sonst sprenge ich den gesamten Bunker in die Luft«, war die anscheinend zum Ziel führende Drohung.

Er lacht leise. Eine gute Personalentscheidung. Er schickt drei Nachrichten unter der höchsten Prioritätsstufe über STOTTER an seinen neuen Stabschef:

»!«, »tab einberufen«, »Sofort Krisens«, erreicht den Stabschef nacheinander rot unterlegt auf dem Mobiltelefon.

Der Stabschef kommt wenig später und noch nach Luft ringend in seinem Container an, was ihm sehr gefällt. Eifrig der Mann, denkt er.

Er bietet seinem Besucher den bequemeren der für gern gesehene Gäste bestimmten Sessel an, nimmt zwei Gläser und schenkt langsam ein, wobei er das Glas seines Gastes deutlich mehr füllt. Er wendet sich an seinen Stabschef, der inzwischen in dem Sessel tief unter ihm versunken ist.

»Sie nehmen doch?« fragt er mit einem betont väterlichen Lächeln.

»Danke, immer!« antwortet der Stabschef mit einem breiten Grinsen, beißt sich aber sofort auf seine Unterlippe und wirft einen verstohlenen Blick nach oben.

»Wie geht es der reizenden Frau und den Kinderchen?« fragt er, in einem immer noch sehr freundlichen Ton.

»Danke, gut!«, antwortet der Stabschef etwas leiser und mit einem höflichen Nicken.

»Ziemlich heiß heute, nicht wahr?«, versucht er, die Gesprächsatmosphäre etwas aufzutauen.

»Mmh«, gibt der Stabschef zurück.

Er mustert seinen Besucher länger von oben bis unten und ist sich sicher, dass er nun endlich die mühsame Aufwärmphase beenden und zu dem eigentlichen Gespräch überleiten kann.

»Was ich Sie schon länger fragen wollte, denn wir verstehen uns doch, nicht wahr, ist, wo habt ihr denn nun die Zentrale für die Freigabe der Raketen mit den nuklearen Sprengköpfen versteckt?« fragt er, mit einem sich hin und her bewegenden erhobenen Zeigefinger einen Scherz andeutend.

»Ich als Oberbefehlshaber muss das doch wissen, meinen Sie nicht?« fragt er den Besucher, nun abrupt zu einem vorwurfsvollen Ton übergehend.

Er muss seinem Besucher noch fünf Mal nachschenken, bis der neue Stabschef aufgibt und das dem Vorgänger gegebene Versprechen, den Ort der Schaltzentrale und den Sicherheitscode für die mit den nuklearen Sprengköpfen ausgerüsteten Raketen absolut geheim zu halten, bricht.

Beide gehen schließlich zusammen aus dem Container ein kurzes Stück über den Rasen bis zu dem Bereich, der früher im Untergeschoss des Regierungsplastes lag. Erst bei genauem Hinsehen sieht man den Griff, an dem man eine teilweise mit Rasen bedeckte große Metallklappe anheben kann. Der Stabschef benötigt einen Moment, sich zu orientieren, und zieht dann die Riegel, mit denen die Klappe gesichert ist, mit einer ruckartigen Bewegung zurück. Die Klappe ist so schwer, dass beide zusammen mehrere Anläufe benötigen, um die Klappe bis in die Vertikale zu ziehen. Sie rastet mit einem lauten metallischen Geräusch ein.

Unter der Klappe liegt ein großer dunkler Bunker. Der Stabschef ist etwas unsicher auf den Beinen. Beide gehen bzw. wanken nacheinander die Stahltreppe hinunter in den Bunkerbereich, den er von seiner früheren Besichtigung kennt. Der Stabschef kann sich teilweise nur mit leicht verwaschener Sprache verständlich machen und hat leichte

Probleme, den Schalter für die Beleuchtung des Bunkers zu finden.

Er folgt dem Stabschef bis zur Mitte des Raumes. Zu seiner Überraschung fehlt die Ausstattung des Bunkers, die ihm bei der früheren Besichtigung gezeigt wurde, fast vollständig. In der Mitte des Raumes mit den nackten Betonwänden liegt aber noch der große Teppich mit dem bunten Blumenmuster, über den er bei der ersten Besichtigung gescherzt hatte, hier müsse doch wohl eine Stabschefin verantwortlich sein.

Sein Stabschef zeigt mit dem Zeigefinger auf den Teppich. Nach einer Weile gelingt es ihm, seinen Gedanken vernehmbar umzusetzen:

»Da drunter!«

Er denkt einen Moment nach, was der Stabschef meinen könnte, und versucht dann, den Teppich zur Seite zu ziehen, der sich aber nicht bewegt. Der Stabschef fängt an dem anderen Ende an, den Teppich aufzurollen, der eine mit mehreren Schlössern verschlossene große Klappe im Boden freigibt.

Der Stabschef durchwühlt seine Taschen und fördert nach einer Weile einen großen Schlüsselbund zu Tage, an dem einige Dutzend Schlüssel nebeneinander etwas mehr als einen Halbkreis bilden.

Er setzt sich erschöpft auf die Teppichrolle, während sein Stabschef versucht, die Schlüssel nacheinander an den scheinbar viel zu kleinen Schlössern auszuprobieren, bis ihm schließlich der Geduldsfaden reißt. Er selbst kann das erste Schloss mit einem der ersten Schlüssel an dem Bund und das zweite und dritte mit den jeweils nächsten Schlüsseln sofort öffnen. Der Stabschef wagt nicht zu widersprechen, als er sagt:

»Die behalte ich lieber.«

Nach dem Öffnen dieser Klappe erscheint eine Treppe zu dem darunter liegenden, noch tiefer ins Erdreich eingelassenen Bereich des Bunkers. Es handelt sich um einen größeren Computerraum mit einem Bedienpult, einer Telefonanlage und einem Sitzbereich mit einem großen Tisch und darum herumgruppierten Bürostühlen.

Er geht als erster langsam die steile Treppe herab, die anscheinend nicht für eine Person von seiner Größe gedacht ist, da er den Kopf einziehen muss. An der Decke hängen grelle Neonröhren und in den Ecken als Notbeleuchtung Glühbirnen aus einer Zeit, als noch glühende Drähte für Licht sorgten. Das Bedienpult ist von einer leichten Staubschicht bedeckt, auch wenn an der Wand ein Klemmhalter mit Daten und Unterschriften davon zeugt, dass zumindest bis vor einiger Zeit regelmäßig jemand hier unten gewesen sein musste, um den Zustand der Anlage zu prüfen.

Er setzt sich auf einen Stuhl in einer Ecke, um den Raum auf sich wirken zu lassen, und muss sich erst einmal Spinnweben aus dem Gesicht wischen.

Nach einer Weile steht er auf, während sich der Stabschef an den Tisch setzt, und guckt sich das Bedienpult genauer an, indem er die Finger der rechten Hand sanft über die Zwischenräume zwischen den Knöpfen gleiten lässt. Selbst er versteht die Funktionsweise der Schaltzentrale ohne eine weitere Erläuterung. Sofort ins Auge stechen die fünf in der Mitte des Bedienpults jeweils in einer Reihe untereinander angeordneten roten Knöpfe. Neben jedem Knopf findet sich der Namen einer Raketenbasis. Er ist erstaunt, dort auch den Namen der Raketenbasis zu finden, auf der die Raketen von A.Y. in tiefen Schächten versenkt sind. Er ist bisher davon ausgegangen, dass es sich um eine Raketenbasis allein für die zivile Raumfahrt handelt.

Er legt seine Finger um einen der roten Knöpfe und spielt einen Moment mit dem Gedanken, den Knopf zu drücken. Im nächsten Schritt müsste er vermutlich den Sicherheitscode eingeben.

Seinem Stabschef wird übel. Es wäre für ihn eine Erlösung, den Bunker verlassen zu dürfen, aber dafür müsste er den Sicherheitscode übergeben, den er nicht bei sich hat. Als er es nicht mehr aushalten kann, steigt der Stabschef die beiden Treppen bis zum Verlassen des oberen Bunkers herauf, um sich zu übergeben oder, angeblich, um einen besseren Telefonempfang zu haben. Danach geht es schon etwas besser. Um endlich nach Hause gehen zu können, weist der Stabschef einen Untergebenen an, den Umschlag mit dem Sicherheitscode aus einem Tresor zu nehmen und zum Bunker zu bringen.

Als der Umschlag schließlich im Regierungsdorf eingetroffen ist und er den Umschlag mit einem Schulter-klopfen für seinen Stabschef im unteren Bereich des

Bunkers in Empfang genommen hat, darf Letzterer sich zurückziehen,

Endlich allein, öffnet er den Umschlag und findet eine kurze Zahlenreihe.

Er sitzt noch eine Weile vor den Knöpfen, bis er merkt, dass bereits die Zeit des Mittagsessens verstrichen ist. Er nimmt die Treppen zunächst vom unteren in den oberen Bereich des Bunkers und dann auf die Rasenfläche.

Ohne erneut seinen Container zu betreten, geht er zügigen Schrittes über den Rasen, um sich zunächst in seinem Lieblingsrestaurant zu stärken, in dessen Eingangsbereich ein großes Foto von ihm mit seinem Autogramm hängt.

Vor dem späteren Verlassen des Restaurants denkt er noch daran, sich das Foto für den Flur seines Containers zu leihen.

Heiß!

Aus den Medien erfährt er am nächsten Vormittag, dass sein Staatsbesuch vom Gastgeberland abgesagt worden ist. Er selbst hat keine Mitteilung erhalten. Da sein Vorzimmer weiterhin nicht besetzt ist, weiß er aber auch nicht, welche Kommunikationsform insoweit aktuell zu einem Erfolg führen würde.

Er versucht, sich mit dem Werfen der Pfeile abzulenken, bis er selbst das monotone Geräusch nicht mehr ertragen kann. Zwischendurch zerknüllt er einige Dokumente, die auf seinem Schreibtisch liegen und wirft sie wahllos durch den Raum. Ab und zu geht er in den Garten hinter seinem Container und streift dort eher ziellos über den Rasen. Dann geht er in seinen Container zurück, setzt sich in seinen Bürostuhl, wippt nach hinten und zur Seite, spielt mit seinem Kugelschreiber. Nach einiger Zeit geht er wieder in den Garten, bis er nach einer Weile an seinen Schreibtisch zurückkehrt.

Er sieht schließlich von seinem Container aus zu, wie der Gärtner in regelmäßigen Bahnen den Rasen mäht. Der kleine Traktor bewegt sich in gerader Linie von ihm weg, wobei er auf den leicht auf und ab federnden Rücken des Gärtners guckt. Nach einer Weile fährt der Traktor eine scharfe Kurve, um dann genau parallel versetzt zurück zu fahren, sodass er den Gärtner nun von vorn sieht.

Er ruft seine Ehefrau an.

»Wie geht´s?« fragt er.

Sie wundert sich über den Anruf um diese Uhrzeit und fragt nur:

»Geht es dir nicht gut?«

»Wir sehen uns heute nicht mehr, Termine«, sagt er. Er hat keine Lust, mit ihr länger zu reden und bricht das Gespräch ab.

Nach einer halben Stunde hält der Gärtner den Traktor an, vermutlich um Treibstoff nachzufüllen. Als der Gärtner den Motor abstellt, hört auch der Lärm auf.

Er öffnet die Tür und geht schnell auf den Gärtner zu, der ihn zunächst nicht kommen sieht. Er signalisiert dem Gärtner, den Gehörschutz abzunehmen und zeigt auf die Klappe im Boden.

»Ich muss da ´rein«, sagt er.

Der Gärtner geht die wenigen Meter zu der Klappe und kann diese ohne Probleme allein anheben, bis sie einrastet.

Er ist noch nicht bei der Klappe angekommen, als der Gärtner kurz die Hand an die Mütze legt, sich umdreht und zurück zu dem Traktor geht.

Einen Moment steht er unschlüssig vor der nun weit offenstehenden Klappe und steigt dann, indem er immer denselben Fuß auf die nächstuntere Stufe setzt, vom Garten die Treppe zum oberen Bereich des Bunkers herunter. Da er sich nicht erinnern kann, wo sich der Schalter für die

Beleuchtung befindet, steht er im Dunkeln. Als er sich einigermaßen orientieren kann, öffnet er, ohne das Licht anzuschalten, mit dem durch die obere Klappe einfallenden Licht die Klappe zu dem darunter liegenden Bunkerbereich. Die Klappe muss er nur anheben, da er nach seinem letzten Besuch die Schlösser offengelassen hat. Er überlegt eine Weile, wie er das Licht für den unteren Bunker erreichen könnte und tastet sich zunächst die Treppe zum unteren Bereich des Bunkers hinunter. Auch nach dem Abtasten der Wände finde er keinen Schalter. Als seine Frustration in Aggression umschlägt, klettert er mühsam die Treppe in den oberen Bereich des Bunkers hoch und beschließt, sich dort einen Moment auszuruhen. Mit den inzwischen an die Dunkelheit gewöhnten Augen sieht er, auf der Teppichrolle sitzend, doch noch den von der Denke hängenden Doppelschalter. Er steht auf, probiert beide Schalter aus und entscheidet sich für die Beleuchtung des unteren Bereichs des Bunkers.

Wieder im unteren Bereich angelangt, hört er den wiedereinsetzenden Lärm des Traktors und zieht nach einer Zeit auf der Treppe stehend die Klappe zum unteren Bunker zu, bis sie fast verschlossen ist.

Der Umschlag mit dem Sicherheitscode liegt noch auf dem Bedienpult.

Er sitzt fast eine Stunde regungslos vor Display und Bedienpult.

Der Gärtner will seine Arbeit im Bereich der Bunkerklappe fortsetzen und ruft nach ihm, ohne dass er es hört. Als aus dem unbeleuchteten oberen Bunker keine Antwort kommt, wartet der Gärtner einen Moment und zieht dann die Klappe aus der Verankerung, lässt diese absinken, bis sie schließt, und schiebt die Riegel zurück an ihren Platz.

Ihm wird im unteren Bunker so heiß, dass er sein Hemd öffnen muss und eigentlich den Bunker verlassen will. Er fühlt sich nicht gut und fühlt eine starke Aggression in sich aufsteigen, bis er beide Fäuste abwechselnd ballt und öffnet.

Mit einer raschen Handbewegung drückt er schließlich auf den Knopf, der, alle Sprengköpfe zusammengerechnet, zu der größten Rakete gehört, die jemals gebaut wurde. Die vertraglich vereinbarte Abrüstung besteht bei dieser Waffengeneration darin, dass es sich politisch nicht um eine Rakete, sondern um eine Vielzahl von Raketen handelt, die aber mit einer gemeinsamen Stufe gestartet werden und so programmiert sind, dass sie exakt derselben Flugbahn folgen. Die an dieser Rakete angebrachten Sprengköpfe der neuesten Generation setzen auch das letzte von den Regierungschefs damals, als noch eine Kommunikation stattfand, getroffene Übereinkommen um. In einer sich über Stunden hinziehenden Unterredung einigte man sich im kleinsten Kreis darauf, dass die Halbwertszeit des nuklearen Materials für die wenigen in geschützten Bunkern über-lebenden Personen zumindest nach mehreren Monaten das Verlassen der Schutzbunker ermöglichen muss.

Auf dem großen Display leuchtet unmittelbar nach der Bedienung des Knopfes eine 0000 auf. Die Anzeige ändert sich, als er den weiter rechts neben den Knöpfen liegenden

Drehknopf, auf dem im Uhrzeigersinn Zahlen angebracht sind, nach rechts dreht, was offenkundig zur Einstellung der Abschusszeit dient. Der Drehknopf ist so leichtgängig, dass nach einer zu schnellen Bewegung fast die aktuelle Zeit im Display aufleuchtet. Er zuckt einen Moment zurück und versucht es dann noch einmal vorsichtiger, bis im Display die Zahl 1600 aufleuchtet.

Als die Anzeige nach einer Bestätigung fragt, drückt er intuitiv schnell noch einmal auf den neben dem Namen der Raketenbasis angebrachten Knopf. Auf der Anzeige leuchten das Wort »Code« und ein Zahlenfeld auf.

Er lacht kurz, da er davon ausgeht, dass die Zahlenfolge auf dem Zettel in dem ihm übergebenen Umschlag nicht wirklich den Sicherheitscode enthält. Er tippt die Zahlenfolge zügig auf dem Zahlenfeld ein.

Er stößt sich, erstaunt von dem sofort einsetzenden ohrenbetäubenden Sirenengeräusch, in seinem Bürostuhl nach hinten ab.

Im Display beginnt ein Countdown.

HEIẞER!

Er stolpert fluchtartig die Treppe vom unteren Bereich des Bunkers herauf und steht einen Moment orientierungslos in dem aus der Klappe von unten nur wenig erleuchteten oberen Bereich. Dann realisiert er, dass die Klappe zum Garten geschlossen ist. Er stellt sich auf die zur oberen Klappe gehörende Treppe und schlägt mit einer Faust von unten gegen die Klappe. Zu hören ist aber auch nach einigen Minuten weiterhin nur das Geräusch des Traktors, das in längeren Abständen abwechselnd lauter und leiser wird.

Er setzt sich auf die Treppe und versucht mit zitternden Händen sein Mobiltelefon aus der Tasche zu ziehen, was ihm erst nach einiger Zeit gelingt, weil seine Hände inzwischen so nass sind, dass er diese immer wieder an seiner Hose abwischen muss. Nach mehreren Versuchen, auf den für A.Y. gespeicherten Kontakt zu drücken, realisiert er, dass er in dem Bunker keinen Empfang hat.

Er bekommt keine Luft mehr.

Nach einigen Minuten atmet er kontrolliert ein und wieder aus, ein und wieder aus, bis sich seine Atmung etwas stabilisiert. Dann gelingt es ihm, wieder aufzustehen. Das Geräusch des Traktors ist inzwischen verstummt. Mit aller Kraft hämmert er mit den Fäusten gegen die Klappe und brüllt:

»Machen Sie die Klappe auf!«

Er meint einen Moment, dass sich im Garten weiterhin nichts bewegt. Der Rasen dämpft das Geräusch der Schritte des Gärtners, der sich nähert und, inzwischen selbst in Panik, nervös beginnt, sich über die Klappe zu beugen.

Er hört das Geräusch der sich verschiebenden Riegel und schließlich das leicht ächzende Geräusch der sich öffnenden Klappe.

Er torkelt über die Treppe auf den Rasen und ist so benommen, dass er den Gärtner, der erst ihn anstarrt und dann in das Loch vor der Klappe guckt, nur auffordert:

»Machen Sie sofort die Klappe zu!«

Das Geräusch der Sirene wird etwas leiser, als sich die in die Rasenfläche eingelassene Klappe zum oberen Bunker schließt.

Er geht nun ziemlich schnell über den Rasen zu seinem Container. Mit dem Mobiltelefon, das er immer noch in der Hand hält, ruft er A.Y. an und dringt auf einen Start der Rakete in zwei Stunden.

»Wieso soll ich die Rakete startklar machen. Gibt es da oben heute etwas umsonst?« fragt A.Y. und lacht.

Er gibt ganz ruhig zurück:

»In der Schaltzentrale habe ich wohl die größte Rakete, auf der die nuklearen Nano-Sprengköpfe angebracht sind, für heute 1600 freigeben. Zumindest läuft ein Countdown.«

»Wieso?« und »Das ist völlig verrückt!« kann A.Y. nur stammeln, nicht mehr wirklich sicher, dass es sich um einen Scherz handelt.

A.Y. lässt sich zu dem neuen Stabschef durchstellen und gerät in Panik, als dieser andeutet, nicht mehr im Besitz des Sicherheitscodes für den Ernstfall zu sein.

Kurz darauf öffnet sich die Abdeckung über dem Schacht, in dem die Rakete von A.Y. versenkt ist.

Die große Abdeckung, unter der sich die Rakete mit den nuklearen Sprengköpfen noch befindet, öffnet sich wenige Minuten später. Das löst zeitgleich auf der ganzen Welt den Alarm für einen unmittelbar bevorstehenden atomaren Katastrophenfall aus.

Er läuft zunächst auf die Straße und dann zurück in seinen Container, weil er nach der Reisetasche suchen will, die er dort für kurzfristig anberaumte Reisen bereithält.

Währenddessen hebt in weiter Entfernung zu dem von ihm regierten Land bereits eine große Rakete mit nuklearen Sprengköpfen aus ihrem Bunker ab.

Der Fahrer schläft, als er sich selbst die Türe zu seiner Limousine öffnet. Er brüllt:

»Fahren Sie mich sofort zur Raketenbasis von A.Y.!« Er lässt eine Eskorte mit Blaulicht anfordern. Der Stau ist aber bereits so dicht, dass es nur im Schritttempo vorangeht. Ihm wird wieder so heiß, dass er meint, kaum atmen zu können.

Er lässt sich bis in den eigentlich nicht für zivile Fahrzeuge zugänglichen Bereich der Raketenbasis fahren und schiebt sich rasch aus der Limousine, ohne an seine Reisetasche zu denken oder die Tür zu schließen.

!!!

Den Weg über das Gelände nimmt er nicht bewusst wahr. Er findet A.Y. kreidebleich vor der Rakete, die inzwischen oberhalb des Schachtes vollständig sichtbar ist. Die Zeit ist zu knapp, um die Raumanzüge vollständig anzuziehen, sodass sie noch in Socken mit den zum Raumanzug gehörenden Stiefeln in der Hand auf einer an einem Teleskoparm angebrachten Rampe an die bereits startbereite Rakete gehoben werden.

Als er die Tür der Rakete gerade passiert hat, folgt er einem plötzlichen Impuls und drückt die Tür mit dem ganzen Gewicht seines Körpers hinter sich zu, bis diese einrastet. Er zieht den oberhalb der Tür als Riegel angebrachten Bügel nach unten. Im Inneren der Rakete ist kaum zu hören, dass A.Y. mit den Fäusten noch kurz auf die Türe hämmert, aber nicht verhindern kann, dass sich der Teleskoparm automatisch von der Rakete wegbewegt. Er sieht durch ein kleines Fenster, wie A.Y. seine Stiefel in Richtung der Rakete wirft.

Er hat bei einer früheren Besichtigung, als es noch um die Finanzierung des Raketenprojektes ging, schon einmal in dem Pilotensitz Platz nehmen dürfen und meint, eine gute Chance zu haben, die Rakete selbst steuern zu können. Die Konzeption war von Anfang an darauf zugeschnitten,

normalen Bürgern einen Zugang zur Raumfahrt zu ermöglichen, was zu einer erheblichen Vereinfachung sämtlicher
Steuerungsvorgänge geführt hat. Er schafft es gerade noch
in den Pilotensitz, aber nicht mehr, die Sicherheitsgurte
anzulegen, als ein unvorstellbarer Schub die Rakete aus
ihrer Startposition nach oben katapultiert. Er kann sich
zunächst nur an dem Sitz festklammern, bis sich die
Bewegung schon nach wenigen Sekunden verstetigt.

Beim schnellen Aufstieg sind zunächst nach dem leichten
Abdrehen der Rakete aus einem kleinen Fenster noch
mehrere große Schiffe zu sehen. Wie dumm, jetzt noch
Container irgendwohin zu fahren. Was für eine unnütze
Verausgabung, findet er. Er fragt sich, ob sie die Rakete
sehen.

Er drückt auf die Schaltfläche »Manuelle Steuerung« und
kappt damit die Steuerung aus der Bodenzentrale. Die
Kommunikation ist für ihn beendet.

Die Erde ist schon in deutlichem Blau zu sehen. Er hasst
diese Farbe. Nach einem kurzen Blick auf die Uhr weiß er,
dass die Rakete mit den nuklearen Sprengköpfen gestartet
sein müsste.

Dann gibt er sich einen Moment dem Gedanken an das
später seinen Namen tragende Monument hin. Der Entwurf
wurde für einen Freizeitpark erstellt, aber auch die letzte
Fassung ist für seinen Geschmack nicht wirklich gelungen.
Er wird die ihm nun bleibende Zeit nutzen, den Entwurf zu
ändern. Er denkt laut:

»Zumindest größer als die Pyramiden. Das Problem der gewöhnlichen Leute ist, dass sie nie in der richtigen Größe denken.«

Die Größe des Raumanzuges hatte in der kurzen Zeit niemand anpassen können. Bei Stress musste er schon immer essen, ärgert er sich kurz. Er kann sich kaum aus seiner Hülle befreien.

Er steht dann kurz nackt in der Rakete. Die allein auf seine Vorgaben hin entwickelte Duschschleuse erweist sich jetzt als Segen. Er lacht leise über seine Voraussicht, sich die Bedienung des fertigen Modells genau erklären zu lassen. Der gesamte Duschvorgang dauert nur wenige Sekunden und ist, ähnlich wie in einer Autowaschanlage, schon mit einer Vortrocknung beendet.

Danach geht es ihm sofort deutlich besser.

Wenn er nicht gewesen wäre, hätte auch niemand an die Föhnanlage gedacht, ist er sich sicher. Es dauert aber jetzt, bis er sich orientiert hat. Die ganze Technik ist zu kompliziert. Er würde gern den Verantwortlichen zur Rechenschaft ziehen. Er schaltet die Föhnanlage auf die höchste Stufe, die so erhebliche Wärmestrahlung freisetzt, dass die Anzeigenlampen der Bordtechnik beginnen zu flackern.

Währenddessen haben auch die nuklearen Sprengkörper beider Seiten den Bereich der menschlichen Steuerung verlassen und erscheinen nur noch als Markierungen auf großen Displays auf der ganzen Welt. Die Menschheit ist für einen kurzen Moment vereint. Unten auf der Erde gibt es keinen einzigen Menschen, der in Kenntnis der Lage nicht von dem Gefühl einer panischen Hilflosigkeit erfasst wird.

Niemand kann sich erklären, warum die Raketen mit den nuklearen Sprengköpfen plötzlich ihre Flugbahn ändern und weiter nach oben steigen, statt ihren Zielpunkt auf der vorberechneten Kurve anzusteuern.

Das Missverständnis liegt darin, dass die Raketen mit den nuklearen Sprengköpfen plötzlich seine Rakete als Quelle einer nicht zuzuordnenden Strahlung ausgemacht haben, und sich nun autonom daran ausrichten.

Historische Vorbilder dazu gibt es einige, bei denen autonomes Reagieren der Raketentechnik in einer Krisensituation zum Abschuss eines Passagierflugzeuges führte.

Entsprechend einer noch vor seiner ersten Amtszeit erzielten Einigung sind die meisten Flugkörper deshalb so ausgestattet, dass sie bei einer durch die Sensoren ermittelten Warnung, dass ein gegnerischer Flugkörper keine Nuklearwaffen führt, ihre nuklearen Sprengköpfe auslösen und ohne Zündung an Fallschirmen fallen lassen. An seine Föhnanlage hatte dabei noch niemand gedacht.

Als die drei Flugkörper sich schon sehr nahegekommen sind, fallen die nuklearen Sprengköpfe ungebremst Richtung Erde. Das wird von mehreren Schiffen aus wahrgenommen, aber nicht als Bedrohung erkannt.

Erst sehr spät, fast zu spät, öffnen sich kleine Fallschirme, an denen die Sprengköpfe dann kurz in der Luft zu stehen scheinen und schließlich sich hin und her wiegend Richtung Ozean schweben.

Er denkt noch, seine Rakete müsse sich schnell drehen oder in irgendetwas spiegeln. Er kann sich nicht erklären, was er aus den kleinen Fenstern mit sehr hoher Geschwindigkeit auf sich zukommen sieht. Es kommt ihm noch kurz der Gedanke, dass es sich vielleicht um eine weitere Rakete von A.Y. handeln könnte. Der Gedanke wird von einem blitzartigen Licht beendet.

Die Bergungsarbeiten gestalten sich schwierig. Es gibt keine Erfahrungen mit dem Einsammeln von nuklearen Sprengköpfen in dieser Menge.

Angelockt von der Bewegung im Wasser, finden sich mehrere Haie ein. Einer der kleinen Sprengköpfe und Teile der Rakete von A.Y. einschließlich ihrer Besatzung bleiben verschollen.

Wir sind das Volk!

Etwas mehr als zehn Jahre später haben die Meisten ihn schon fast vergessen. Nur Einzelne haben die Folgen seines Systems noch nicht überwunden.

Blau ist wieder eine normale Farbe, die man mag oder nicht. Zwei inzwischen ziemlich alt gewordene Bürger tragen immer nur dieses Blau, vielleicht aus Gewohnheit, vielleicht aus Gründen der Erinnerung.

Das Plakat mit der Mülltüte hängt in einem Museum und wird von den wenigsten verstanden, was niemandem besonders auffällt.

Besucher der Hauptstadt finden an der Stelle des früheren Regierungspalastes einen großen Park. Pläne eines Neubaus eines Regierungsgebäudes an derselben Stelle scheiterten schon an der schieren Masse des im Boden versunkenen Vorgängers. Er hat unbestreitbar die Architektur seiner Hauptstadt dauerhaft geprägt, was aber nicht jedem bewusst wird. Nicht mit der Geschichte vertraute Besucher des Parks halten die teilweise aus der Erde ragenden, inzwischen überwucherten Gebäudereste häufig eher für eine Felsenlandschaft.

Von einigen der inzwischen an ihre früheren Eigentümer zurückgegebenen Gebäude sind Blöcke mit seiner Karikatur abgenommen und als Teile der äußeren Begrenzung des

Parks aufgestellt worden. Mit jedem Jahr verblassen die Farben mehr und wird das Relief weniger sichtbar, sodass hauptsächlich Vierbeiner noch Interesse für die Blöcke zeigen.

Die Regierungsgeschäfte sind temporär, aber vor dem Hintergrund der von ihm hinterlassenen desolaten Staatsfinanzen wohl ziemlich langfristig temporär auf die vorhandene Zweckgebäude im Stadtgebiet der Hauptstadt verteilt worden, was insbesondere dazu geführt hat, dass die meisten Abgeordneten und Regierungsmitarbeiter mit mindestens einer Kleidergröße weniger auskommen.

Es wäre höchstwahrscheinlich mehr als eine Kleidergröße, wenn nicht in vielen nur von der Rückseite als Restaurant erkennbaren Gebäuden noch ein anderes Angebot serviert würde, als die von einer breiten Bevölkerungsmehrheit geforderte Staatskost der Brätlinge, auf die man sich im Parlament im Kompromiss mit der schwierigen Anpassung der Abgeordnetenentschädigung hat einigen können. Der frühere Betreiber des von seiner Regierung für die Regierungsgeschäfte intensiv genutzten Restaurants wurde aus den Reihen der Mithäftlinge zum Leiter der Gefängnisküche gewählt und kann deshalb nur für das leibliche Wohl der noch länger dort zu verköstigenden ehemaligen Abgeordneten sorgen.

Im Regierungspark findet an einem Sonnabend im Monat eine Bürgerstunde statt, bei der sich die Abgeordneten vollzählig Fragen stellen müssen, wobei die Laune der

Abgeordneten proportional zu einem sich erheblich verschlechternden Wetter regelmäßig deutlich steigt.

Abgeordnete und Regierungsmitarbeiter einschließlich der Kandidaten für das höchste Regierungsamt durchlaufen vor einer Aufnahme in eine Wahlliste ein Auswahlverfahren, bei dem insbesondere eine fachliche Eignung nachgewiesen werden muss. Nach endlosen Diskussionen hat man sich insoweit zumindest darauf verständigen können, dass der zu Wählende seinen Lebensunterhalt auch ohne das Mandat und vor allem ohne Geschenke müsste selbst erwirtschaften können.

Das Hohe Gericht war lange unbesetzt. Es hat sich mit Richtern neu gebildet, die von ihm ihres Amtes enthoben worden waren. Die zur Entscheidung berufenen Senate des Gerichts sind nun deutlich größer. Eine Verwandtschaft mit Regierungsmitgliedern oder eine abhängige Beschäftigung bei diesen, was eine Tätigkeit als Reinigungskraft einschließen dürfte, stellt einen absoluten Ausschlussgrund für das Richteramt dar. Soweit sämtliche Entscheidungen nur noch einstimmig getroffen werden können, hat sich noch keine abschließende Meinung herausgebildet, ob die eine in den Jahren seit der Neukonstituierung ergangene Entscheidung als Durchbruch gefeiert werden sollte.

Der Lösungsvorschlag für die ebenfalls jahrelang diskutierte Frage, wie man das planmäßige Ausscheiden des Regierungschefs aus seinem Amt absichern kann, kam aus einem der in seiner Regierungszeit als Böse Insel eingestuften Territorien. Der amtierende Regierungschef muss dort nun eine Kaution in Höhe seines gesamten Vermögens hinterlegen, die er erst nach seinem fristgerechten Ausscheiden zurückerhält, soweit ihm von einer Vierfünftel-Mehrheit der Parlamentarier beider Kammern ein Abschlusszeugnis mindestens mit der Gesamtnote ausreichend ausgestellt wird, die sich aus den Noten der halbjährlich erstellten Zwischenzeugnisse ergibt.

Seitdem hat die wirtschaftliche Stabilität des Staates, in dem die Kaution hinterlegt wird, für die Regierung zu keinem Zeitpunkt weniger als die höchste Priorität genossen, was auch dazu beigetragen hat, dass dieser Dienst der Völkerfreundschaft sogar gern erbracht wird.

Sie gehört dir!

Als Inbegriff seiner verfehlten Politik gilt in Rückschau das Modell der Bankinsel, das zu einer Zerrüttung des Verhältnisses zu fast allen Ländern geführt hat, auf die man jetzt dringend angewiesen wäre.

Es wird allgemein mit Erleichterung aufgenommen, als sich ein Interessent findet, der die Bankinsel sowohl für gerade als auch für ungerade Kalendertage kaufen will.

Der Kauf schreitet so weit voran, dass der als Einsiedler weitgehend aus dem öffentlichen Gedächtnis verschwundene ehemalige Bankpräsident erst vorgelassen wird, als für den endgültigen Verkauf nur noch eine Unterschrift fehlt.

Mit dem vor lauter Aufregung verstolperten Sprechen des Einsiedlers sind dessen Versuche, sich verständlich zu machen, weitgehend erfolglos.

»Die Bündel über der Bootsgarage, sie gehören allen, die Insel gehört allen«, fängt er an.

»Ihr dürft sie nicht verkaufen, eure Insel, unsere Insel«, fügt er noch mehrfach hinzu.

Da sich der einzige Kaufinteressent nach dem Vorfall endgültig zurückzieht, wird nach einer alternativen Verwendung für die Bankinsel gesucht und schließlich die Frage der Entschädigung des ehemaligen Bankpräsidenten aufgeworfen, der ganz offensichtlich noch unter sehr schweren Folgen der von ihm zu Unrecht erlittenen Haft leide.

Nach langen Diskussionen findet sich zu guter Letzt der Kompromiss, dem Bankpräsidenten, dessen Hütte für den Ruhestand nicht wirklich angemessen erscheint, die Insel zu schenken.

»Sie gehört dir«, wird dem Einsiedler bald nach den gescheiterten Verkaufsversuchen feierlich eröffnet. Dessen Proteste gehen in den Glückwünschen unter.

Nach längerem Überlegen erscheint der Umzug auf die Bankinsel auch dem Beschenkten gar nicht so abwegig.

Als Junior herrenlos durch die Straßen der Hauptstadt streifte und bei der Suche nach Futter bestenfalls einen Fußtritt bekam, fanden sich Jahre zuvor in der Nähe des Regierungsdorfes die Seelen der Einsamen. Dadurch wurde es in der Hütte des Einsiedlers zwar noch enger, aber für beide auch deutlich geselliger.

Nach der Adoption durch den Einsiedler ist Junior inzwischen stolze Oma und freut sich sichtlich, mit ihrer Großfamilie die Bankinsel mit Beschlag belegen zu können. Dabei interessiert sie der Inhalt der Bootsgarage, der voraussichtlich ihre Nachkommen als erste Vierbeiner ganz oben auf die Liste der Superreichen bringen wird, vermutlich nicht wirklich.

Er leuchtet!

Die meisten Bürger gehen ihrem eigenen Leben nach, das aus Sicht vieler freier als in den Zeiten seines langjährigen Regierens ist und wieder Raum für Glück und zuweilen auch für Unglück lässt:

Es bewegt viele, dass ein kleines Mädchen draußen im Meer vor der früheren Raketenversuchsinsel mit ihrem kleinen Segelboot gekentert ist. Die Rettungskräfte müssen die Suche vor Eintritt der Dunkelheit aufgeben.

Als es so dunkel wird, dass man auch mit Scheinwerfern nicht mehr das Wasser absuchen kann, fehlt von ihr weiter jede Spur.

Während sich die Rettungskräfte erschöpft am Ufer sammeln, fliegt ein Flugzeug dicht über sie hinweg.

Es dauert noch eine Weile, dann kommt die Meldung, dass aus dem Flugzeug etwas wie ein leuchtendes Boot, das sich mit dem Kiel nach oben in einem großen Kreis weit vor der Küste bewege, gesichtet worden sei.

Um nichts unversucht zu lassen, machen sich daraufhin alle erneut mit den Booten auf, um die Stelle im Meer abzusuchen.

Beim Näherkommen wird klar: Es ist kein treibendes Boot, sondern ein Hai einer bisher nicht bekannten Art. Er ist grün, er leuchtet hell und schwimmt langsam in einem großen

Kreis um die Kiste, auf der zusammengekauert das kleine Mädchen sitzt und so gerettet werden kann. Sie nennen ihn: »Grüner Hai.«

Er darf leben.

Er ist eine Mahnung!